KB125939

하나님이 사랑하시는 ＿＿＿＿＿＿＿＿＿＿＿＿＿ 님께 드립니다.

양 한 마리가 사라졌다

양 한 마리가 사라졌다

초판 **1쇄 발행 2023년 4월 25일**
지은이 **홍경미**
펴낸이 **홍경미**
디자인 **이너스, 유재준**
펴낸곳 **도서출판 유월의샘**
문의 **thespringofjune@naver.com**
출판등록 **제2021-000138호**
ISBN **979-11-982616-0-1(03810)**

양 한 마리가 사라졌다

글·그림 홍경미

유월의샘

여호와는 나의 목자시니

내게 부족함이 없으리로다

그가 나를 푸른 풀밭에 누이시며

쉴 만한 물가로 인도하시는도다

내 영혼을 소생시키시고

자기 이름을 위하여

의의 길로 인도하시는도다

내가 사망의 음침한 골짜기로

다닐지라도 해를 두려워하지 않을 것은

주께서 나와 함께하심이라

주의 지팡이와 막대기가 나를 안위하시나이다

주께서 내 원수의 목전에서 내게 상을 차려 주시고

기름을 내 머리에 부으셨으니

내 잔이 넘치나이다

내 평생에 선하심과 인자하심이

반드시 나를 따르리니

내가 여호와의 집에 영원히 살리로다

-시편 23편-

목차

프롤로그

목자가 양들의 마을에 나타난 것은 구름 한 점 없이 맑은 하늘이 인상적이었던 어느 날이었습니다. 낮이나 밤이나 양들을 위협하는 이리들이 출몰해서, 자고 나면 양들이 한 마리씩 없어지는 그런 공포의 날들이 계속되던 때였습니다.

양들은 햇볕이 따사롭고 기온도 적당해 밖에서 풀을 뜯어 먹기에 좋은 날엔 세상은 정말 살 만하다며 만족해하다 밤이 되면 두려움과 걱정에 시달리며 극적으로 상반되는 낮과 밤을 살았습니다.

양들은 성격이 제각각이어서 어떤 양은 무심하고, 어떤 양은 너무 겁이 많고, 어떤 양은 참지 못하고, 어떤 양은 삐지기를 잘하고, 어떤 양은 남의 말 하기를 좋아하고, 어떤 양은 호기심이 많고, 어떤 양은 다른 양을 믿지 못하고, 어떤 양은 욕심이 많고, 어떤 양은 교만했으며, 또 어떤 양은 질투가 많고, 어떤 양은 투덜대기를 잘하며, 어떤 양은 성격이 급했습니다. 그리고 어떤 양은 식탐이 많고, 어떤 양은 다른 양에게는 관심이 없고 오직 자신에게만 관심이 있었습니다.

성격과 성향이 제각각인 양들이 모여 있다 보니 무슨 일을 하든 의견을 모으는 데 반나절은 걸렸고, 갑자기 예상하지 못한 상황이 닥치면 우왕좌왕하다 양들이 사라지거나 죽는 일들이 일어났습니다.

양들은 마치 혼자 있어도 되는 존재인 것처럼 따로 놀면서도 웬일인지 독립적으로 완전히 떨어져 나가진 않고 다른 양들과 붙어 있으려고 했습니다. 어제 옆에서 풀을 뜯던 양이 오늘 보이지 않아도 궁금해하지 않는 양은 무심하게 또 다른 양의 곁에 가서 아무 일도 없었던 듯이 풀을 뜯어 먹습니다. 또 교만한 이름의 양은 싱싱하고 촉촉하고 맛있는 풀이 있는 곳을 혼자만 알아 두고 몰래 먹다가 길을 잃어버리기도 하였지만, 그럼에도 불구하고 다른 양들에게 가르쳐 주지 않습니다. 여전히 혼자 먹는 게 편하고, 좋은 걸 더 많이 먹을 수 있다고 생각하니까요.

양들은 사실 함께 있어야 할 필요를 느끼지 못합니다. 그냥 아침에 일어나면 풀 뜯으러 나가고 때가 되면 잠자고 배가 고프면 풀을 뜯고 어두워지면 다시 잠자는 게 전부니까요.

어떤 심술궂은 양은 다른 양들이 행복한 것을 두고 보지 못합니다. 추우면 함께 모여 온기를 나누면 따뜻할 텐데 다른 양이 더 따뜻할까 봐 차라리 혼자 있는 것을 택합니다. 더우면 따로 떨어져 있는 게 시원할 텐데 다른 양들이 나보다 더 시원할까 봐 오히려 옆에 가서 붙어 있습니다.

그렇게 양들은 저마다 외로우면서 남들에겐 내 맘대로 간섭하며 살아가고 있었습니다.

그러던 어느 날 목소리가 무척 좋은 목자가 피리와 막대기 하나를 들고 양들의 마을에 나타났습니다. 그리고 목자가 양들을 이끌기 시작한 후부터 자고 나면 한두 마리씩 없어지던 양들의 생명이 지켜지기 시작했습니다. 목자는 막대기 하나로 양들을 안전한 곳으로 인도하여 풀을 뜯게 하고 양들이 잘

땐 누가 해치지 못하도록 지켜 주었으니까요.

누군가로부터 보호를 받아 본 적이 없던 양들은 어느 날 갑자기 나타나 대장처럼 행동하는 목자가 그리 마음에 들지는 않았지만 한두 마리씩 그의 목소리에 이끌려 그가 이끄는 대로 몸을 맡기기 시작했습니다.

왜냐하면 그와 같이 있으면 안전하다는 것을 양들이 알기 시작했기 때문이지요. 목자가 온 이후 처음으로 양들은 평안을 누리게 되었습니다.

게다가 목자의 목소리엔 특별한 점이 있었습니다. 듣고 있으면 마음이 고요해지고 편안해져서 풀을 많이 먹은 날도 소화를 잘 시켜 주는 목소리였습니다. 온통 매애애애 하는 소리만 들려오던 양들의 세계에선 지금까지 들어 본 적이 없는 천상의 목소리였거든요. 어떤 양은 이렇게 목자를 표현하며 따랐습니다.

"목자의 목소리는 내게 새 생명을 주는 것 같아."

또 어떤 양은 목자에 대해 이렇게 이야기했습니다.

"목자는 내가 느껴 본 적이 없는 평안함을 주는 것 같아. 목자의 목소리만 들으면 이리가 나타나도 풀을 뜯어 먹을 수 있을 것 같단 말이야."

"아냐, 아냐. 목자가 말을 할 때면 천사가 나를 감싸 안아 주는 것 같아."

게다가 목자는 노래를 정말 잘 불렀습니다. 그가 노래할 때는 하늘의 구름이 열리며 열린 구름 사이로 빛이 새어 나오며 비둘기들이 날아다녔습니다. 그가 노래를 할 때면 어느새 주변이 빛으로 환해졌습니다. 아무리 성질이 제각각인 양들이고, 아무리 더러운 때가 잔뜩 낀 양들일지라도 이 목자는 이제까지 보아 온 목자들과는 전혀 다르다는 것을 양들은 알 수 있었습니다. 배불리 먹고, 편안하게 자는 것에만 관심이 있던 양들에게 목자는 새로운 세계를 가져온 것 같았습니다.

1. 소심한 양이 죽었어요

그러던 어느 날, 양들 사이에 작은 소동이 일어났습니다. 양들끼리 싸움이 붙은 것입니다.

남의 말 하길 좋아하는 양과 소심한 양 사이에 싸움이 일어난 것입니다. 남의 말 하길 좋아하는 양이 먼저 싸움을 걸었습니다.

"야, 너 왜 그렇게 더럽니? 어디 시궁창에서 구르다 왔니?"

소심한 양은 기분이 나빠졌습니다. 하지만 남의 말 하길 좋아하는 양과 말싸움해 봤자 상대도 되지 않고 피곤할 뿐이라는 생각이 들어 모른 체했습니다. 소심한 양이 상대해 주지 않자 남의 말 하길 좋아하는 양은 한술 더 뜨기 시작했습니다.

"야, 넌 그렇게 소심하니까 되는 일이 없는 거야. 내가 너한테 더럽다니까…… 왜 기분이 나빠? 나 같으면 오늘같이 햇빛 좋은 날엔 외출할 엄두도 안 내겠다. 어휴…… 냄새까지 나는데?"

소심한 양은 더 이상 참지 못하고 용기를 내어 말했습니다.

"야, 남의 말 하길 좋아하는 양아, 너도 굉장히 더럽고 냄새 나거든? 너나 가서 씻고 오든가."

사실, 양들은 모두 더럽습니다. 자연과 더불어 사는 양들은 비가 오거나 오지 않거나 초원에 나가 뒹굴기도 하고 풀을 뜯어 먹기도 하기 때문에 너 나 할 것 없이 양들의 털에는 흙먼지와 풀이 묻어 있습니다. 그런데 남의 말 하길 좋아하는 양은 자신의 모습은 보지 못하면서 소심한 양의 더러움만 보고 시비를 걸었던 거죠.

소심한 양이 남의 말 하길 좋아하는 양에게 너나 가서 씻고 오라는 말을 마치자마자 먼저 시비를 걸었던 남의 말 하길 좋아하는 양이 소심한 양을 주먹으로 쳤습니다. 갑작스러운 공격에 소심한 양은 힘없이 나가떨어졌습니다. 평소에 힘이 세기로 유명한 남의 말 하길 좋아하는 양은 쓰러져 있는 소심한 양의 몸에 올라타서 자신의 머리로 계속 공격하기 시작했습니다. 가뜩이나 소심한 양은 싸움을 해 본 적이 없는 데다 체격

까지 상대가 되지 않아 저항 한 번 못 하고 맞기만 했습니다.

소심한 양은 이미 피를 너무 많이 흘렸습니다. 아랑곳하지 않고 남의 말 하길 좋아하는 양은 신이 난 듯이 소심한 양을 공격했습니다. 이윽고 소심한 양은 저항 한 번 제대로 못 하고 맥없이 바닥에 쓰러졌습니다.

워낙에 개인적인 양들이지만 상대가 되지 않는 두 양의 싸움을 구경하기 위해 한 마리 두 마리 몰려들기 시작했습니다. 마침내, 남의 말 하길 좋아하는 양은 자신의 뿔로 기절한 듯 누워 있는 소심한 양의 가슴을 찔렀습니다.

구경하던 양들 사이에서 함성과 탄식 그리고 아주 작게 걱정 어린 소리가 흘러나왔습니다.

피를 흘리고 있는 소심한 양이 걱정되어 겁이 많은 양이 소심한 양을 흔들어 보았지만 전혀 기척이 없습니다. 그때, 나이가 많은 노인 양이 소심한 양의 입에 발을 갖다 대더니 얼굴이 하얗게 변해 소릴 질렀습니다.

"헉! 숨을 쉬지 않아……. 죽은 거야. 죽었다고."

눈치를 보던 몇몇 양들은 자리를 뜨기 시작했습니다. 그리고 겁이 많은 양이 무서움에 울기 시작했습니다.

"매애애애…… 목자님…… 얼른 와 주세요. 소심한 양이 죽었어요……. 매애애애."

겁이 많은 양이 달려가서 목자에게 이 상황을 알렸습니다.

"목자님, 빨리 가 보셔야 해요. 소심한 양이 남의 말 하길 좋아하는 양에게 맞아서 기절했는데 죽은 것 같아요. 아니, 죽었어요……. 어떡하면 좋아요?"

겁이 많은 양은 숨이 넘어갈 듯 마음이 급한데, 그 말을 듣고도 목자는 전혀 놀라지 않고 여유가 있어 보였습니다. 아주 천천히 피리를 챙기고 아주 서서히 몸을 움직여 겁이 많은 양을 쳐다보며 이렇게 이야기했습니다.

"겁이 많은 양아, 무엇을 두려워하니? 소심한 양은 지금 자고 있는데."

겁이 많은 양은 너무 놀라서 기절할 것만 같았습니다. 방금 전에 소심한 양이 남의 말 하길 좋아하는 양에게 대들다 일방적으로 두들겨 맞고 피 흘린 채로 움직이지 않는 것을 보고 왔기 때문입니다. 그리고 양들이 이렇게 떠드는 이야기를 들었기 때문입니다.

"죽었대?"

"응…… 죽었대!"

"쯧쯧…… 그러게 가서 좀 씻고 오지…… 왜 대들고 그랬대?"

"죽었네, 죽었어. 숨을 쉬지 않잖아."

겁이 많은 양은 소심한 양이 죽었다는 이야기를 듣고도 놀라지 않는 목자가 낯설게 여겨졌습니다. 뜬금없이 잔다고 이야기하며 여유롭게 행동하는 목자가 서운하게 느껴졌습니다. 그래도 어쨌든 죽어 넘어진 소심한 양을 처리해야 하는 몫은 목자가 할 일이라고 생각했기 때문에 얼른 가자고 재촉했습니다.

"알겠어요, 목자님. 소심한 양이 자고 있다고 치고 우선 가시지요."

목자는 겁이 많은 양을 쳐다보며 왠지 모를 슬픈 표정을 짓더니 한숨을 깊이 쉬었습니다.

"너는 나를 믿지 못하는구나……."

목자는 겁이 많은 양이 소심한 양의 죽음을 알리기도 전에 이미 사고를 예감하고 있었습니다. 목자는 양들의 마을에서 소심한 양이 늘 따돌림당하는 것을 알고 있었고 그것이 언제나 마음이 아팠습니다.

목자가 보기엔 비슷비슷한 양들일 뿐인데 힘 있고 덩치 크고 목소리가 큰 양들이 세력을 형성해 힘없는 양들을 괴롭히는 것을 보았기 때문이죠. 그래서 늘 소심한 양을 주의 깊게 보고 있었던 것입니다. 그런데 목자의 마음을 더 어렵게 만든 것은 그런 힘이 약한 양들을 돌볼 때 힘 있는 양들 옆에서 아부하는 양들이었습니다. 강한 양들 옆에서 아부하는 양들은 마치 자신들이 힘이 넘치고 강한 것처럼 행동하며 나약한 양들을 괴롭혔기 때문입니다.

목자는 그들이 서로를 아껴야만 생존할 수 있다는 것을 모른 채, 서로에게 상처를 주며 살아가는 것이 마음이 아팠습니다. 게다가 목자를 의지하지도 않고 믿지도 못하는 그들이 너무 불쌍하게 여겨져 심장이 끊어질 듯 아파 왔습니다.

'내가 어떻게 해야 이들이 나를 믿고, 내가 어떻게 해야 이들이 서로 사랑할 수 있을까?'

드디어 목자가 한 손에 피리를 들고 다른 한 손엔 막대기를 든 채 움직이기 시작했습니다. 그러고는 잠깐 멈추었다가 다시 천천히 발걸음을 떼고 또 잠깐 멈추었다가 걷기를 반복했습니다.

겁이 많은 양은 목자도 겁이 나서 저렇게 주저하나 보다 하고 생각했습니다. 그럼에도 불구하고 겁이 많은 양은 급한 마음에 빠른 걸음으로 앞서 걸었지만, 목자는 전혀 개의치 않고 느릿느릿 따라갔습니다.

겁이 많은 양은 걷다가 멈춰서 목자가 가까이 오길 기다렸다가 다시 빠르게 걸었습니다. 그렇게 목자를 기다리기 위해 멈춰 섰다가 빠르게 걷기를 몇 차례 한 후에야 소심한 양이 누워 있는 곳에 도착하게 되었습니다.

소심한 양은 피를 흘리며 누워 있었고, 그 주변으로 양들이 서 있었습니다. 어떤 양들은 소심한 양이 안됐다는 듯이 혀를 끌끌 차고, 또 어떤 양들은 목자를 보더니 슬그머니 자리를 뜨고, 또 어떤 양들은 소심한 양이 흘리는 피가 너무 무섭다며 울고 있어 분위기가 어수선했습니다.

그때, 참을성 없는 양이 느지막이 나타난 목자를 발견하고

선 못마땅하다는 듯 잔뜩 힘을 주고 말했습니다.

"좀 빨리 와서 싸움을 말리든가, 치료를 좀 해 주지…… 왜 이리 늦게 나타난 거야."

목자는 그런 양들을 본체만체하며, 곧바로 누워 있는 소심한 양에게로 가더니 담담하게 이야기했습니다.

"소심한 양아, 일어나라."

목자의 말은 마치 자고 있는 소심한 양을 부드럽게 타이르며 일어나라고 하는 것같이 들렸습니다.

그런 목자를 보며 어떤 양들은 어이없다는 듯 웃음을 터뜨리기도 하고, 어떤 양들은 목자를 향해 곁눈질하며 비웃고 야유를 보냈습니다. 그런데 목자가 말을 마치자마자 소심한 양이 아무 일도 없었다는 듯이 일어나는 것이었습니다.

겁이 많은 양과 참을성 없는 양 그리고 소심한 양을 둘러싸고 있던 모든 양들이 놀라서 눈이 휘둥그레졌습니다.

"뭐야, 소심한 양이 죽은 줄 알았더니, 진짜 자고 있었던 거야?”

특히나 자신이 때려서 죽은 줄 알고 내심 놀랐던 남의 말 하길 좋아하는 양은 오히려 기가 살아 분노를 쏟아 내기 시작했습니다.

“어쭈…… 소심한 양아, 누가 너보고 소심하다고 하지 않을까 봐 그렇게 죽은 체한 거냐? 그래, 목자가 오니까 일어난다 이거지? 언제 목자랑 네가 한패가 됐냐?”

남의 말 하길 좋아하는 양이 잔뜩 비아냥거리며 소심한 양을 툭툭 쳤습니다. 그러자 소심한 양이 균형을 잃고 비틀거렸습니다.

순간, 목자가 남의 말 하길 좋아하는 양을 쳐다보았습니다. 그 알 수 없는 기운에 눌려 남의 말 하길 좋아하는 양은 목자의 눈을 똑바로 쳐다볼 수 없었습니다. 하는 수 없이 남의 말 하길 좋아하는 양은 투덜거리며 그 자리를 떴습니다.

그런데 겁이 많은 양은 알고 있었습니다. 분명히 소심한 양은 죽어 있었다는 것을요. 누구보다도 나이 많은 양은 또렷이 기억하고 있었습니다. 소심한 양이 숨을 쉬지 않는 것을 직접 확인했으니까요.

이 작은 소동이 있은 후에 목자를 따르는 양들은 더욱 많아졌습니다. 양들 중엔 목소리가 온화하고 노래를 잘 부르며 양들을 아껴 주는 마음에 반해서 목자를 좋아하는 양들이 있었고, 죽어있던 소심한 양을 "일어나라"는 말 한마디로 살려 내는 것을 보고 목자의 신비한 능력에 반해 목자의 팬이 되기로 작정한 양들이 있었습니다.

그런데 목자를 따르는 양들이 많아진 것과 동시에 이유도 없이 목자를 싫어하고 불평하는 양들도 많아졌습니다. 질투하는 양과 교만한 양과 똑똑한 양과, 특히나 남의 말 하길 좋아하는 양은 더욱더 목자를 헐뜯기 시작했습니다.

"목자는 말이 너무 많아."

"목자의 할 일은 우리를 지켜 주는 것인데, 왜 목자를 왕처럼 떠받들지?"

"소심한 양이 죽은 척하고 목자가 사기를 친 건데 왜 다들 유난을 떠는 거야?"

자신들에게 돌아올 스포트라이트와 관심을 목자가 받는 것이 맘에 들지 않았고, 자신들에겐 없는 능력을 가진 목자가 괜히 싫고 질투가 났습니다.

이렇게 양들은 두 편으로 나뉘었습니다. 목자를 따르고 좋아하는 편과, 목자를 거부하는 편으로 갈라졌습니다.

2. 양들의 첫 번째 외출

또 다른 어느 화창한 날이었습니다. 하늘엔 양들을 닮은 양털 구름들이 아름다운 무늬를 만들어 놓았습니다. 햇볕은 따사롭고 바람은 기분 좋게 불어와 양들이 초원에서 맘껏 풀을 뜯어 먹기에 더없이 좋은 날이었습니다.

목자는 하늘을 올려다보더니 양들을 몰아 평소에 잘 가지 않던 넓은 초원으로 데려갔습니다. 목자를 싫어하는 양들도, 목자를 좋아하는 양들도 그날만큼은 너무나 기분이 좋았습니다. 평소에 먹던 풀과 다른 양질의 풀들이 그곳에 있었기 때문입니다. 풀들은 신선하고 씹을수록 감칠맛이 났고 날씨는 무척 쾌적했습니다.

모든 것이 완벽해서 여기가 천국인가 싶은 생각이 들 무렵, 오후가 되면서부터 하늘에 먹구름이 끼기 시작했습니다. 불안해진 양들이 여기저기에서 매애애애 울기 시작했습니다.

이곳에서 매애애애!

저곳에서 매애애애…….

마침내 비가 내리기 시작했습니다. 마치 놀라움을 주기 위해 준비한 것처럼 무섭게 많은 양의 비가 쏟아져 내렸습니다. 어둠이 몰려오는가 싶더니 순식간에 폭우까지 쏟아지자 양들은 저마다 허둥지둥하며 걱정하기 시작했습니다.

"이러다 우리 길 잃어버리는 거 아냐?"

"그러게 왜 목자는 우릴 이렇게 먼 곳까지 데리고 온 거야?"

"이제 어떡하지? 우리 모두 죽는 거 아냐?"

한 마리의 양이 걱정하고, 두 마리의 양이 염려의 말을 더할 때마다 양들 사이에 공포심이 전염되기 시작했습니다. 마침내 모든 양들이 두려움에 빠져 덜덜 떨며 이곳으로 왔다, 저곳으로 갔다 날뛰기 시작했습니다.

그때였습니다. 어디선가 피리 소리가 들려오기 시작했습니다. 목자가 부는 피리 소리였습니다.

목자가 한 손으로는 피리를 불고 다른 한 손으로는 막대기를 저으며 양 무리를 인도하기 시작했습니다. 목자는 갑작스러운 기상 변화에도 흔들림 없는 모습이었습니다.

그러나 양들은 두려움에 빠져 있어 목자의 피리 소리가 귀에 들어오지 않았습니다. 다시 목자가 더 크게, 더 길게 피리를 불더니, 그 아름다운 목소리로 안심시키듯 외쳤습니다.

"워워…… 이쪽으로 오너라……. 나를 따라오너라."

그런데도 양들은 저마다 걱정하느라 목자의 외침을 듣지 못하고 흩어지기 시작했습니다.

목자의 머리도 젖고, 옷도 젖어 갔습니다. 양들도 모두 비에 흠뻑 젖어 털이 몸에 달라붙고 젖은 흙이 몸에 엉겨붙어 더러워졌습니다. 양들은 혼이 나간 표정으로 추위와 두려움에 덜덜 떨기 시작했습니다. 목자가 아무리 피리를 불어도 양들은 목자의 존재를 아예 모르는 것처럼 각자 비를 피해 뛰어다니다 서로 부딪쳐 넘어지거나 자기 다리에 걸려 넘어져 온통 아수라장이 되었습니다.

'아, 이들은 나를 의지하지 못하는구나……. 손을 뻗으

면…… 고개만 돌려도 내가 여기 있는데…… 이들은 나를 보지 못하는구나.'

목자는 혼란에 빠져 제멋대로 허둥대고 있는 양 무리를 지켜보다가 가만히 하늘을 올려다보았습니다. 그리고 허공을 향해 말씀하셨습니다.

"바람아, 멈추어라. 비야, 잠잠하여라."

그 외침은 위엄 있지만 평안하고, 소란스럽게 뛰어다니던 양들의 귀에 들릴 만큼 컸지만 우아했습니다. 목자의 소리가 얼마나 위엄이 있었는지 제각기 자기의 소리를 내며 수선을 피우던 양들이 일제히 조용해졌습니다.

잠시 후, 양들을 삼켜 버릴 것같이 사납게 불던 바람도 멈추고, 세상을 휩쓸고 내려갈 듯 내렸던 비도 순식간에 잠잠해졌습니다. 갑자기 비와 바람이 멈추자 모든 양들이 어리둥절해했습니다. 그때, 나이 많은 양이 목자를 바라보며 말했습니다.

"대체 저 목자는 뉘라서 바람한테 명령하고, 비한테 잠잠하라고 하니 바람과 비가 멈추는 거지?"

"목자가 바람한테 멈추라고 했다고? 비한테 내리지 말라고 했다고?"

다른 양들도 목자의 기이한 능력과 갑작스러운 기상의 변화에 놀라서 아무 말을 할 수 없었습니다.

목자는 그런 양들을 보며 또다시 마음이 아팠습니다. 목자를 의지하지도 못하고, 자기들 앞의 두려움만 바라보는 양들의 연약함 때문에 말이지요. 목자는 양들이 비에 젖어 부들부들 떠는 것을 보고는 얼른 양 무리를 몰아 양들의 마을로 데리고 돌아갔습니다.

마을로 돌아가자 몇몇 양들은 언제 두려움을 느꼈었냐는 듯 다시 밝게 노래를 부르며 풀을 뜯었습니다. 몇몇 양들은 언제 불안한 마음을 느꼈는지 잊어버린 채 또다시 약한 양들을 괴롭히며 시시닥거렸습니다.

얼마 후, 겉으로는 모두가 평범한 일상으로 돌아간 것처럼

보였지만, 양들 사이엔 보이지 않는 변화가 생겼습니다. 목자
에 대해 존경과 사랑을 느끼는 양들이 더 많아짐과 동시에 목
자에 대해 알 수 없는 증오심을 갖게 된 양들로 더 뚜렷이 나
뉘었다는 것입니다.

3. 양들의 두 번째 외출

죽었다 살아난 소심한 양의 상처도 회복되고, 낯선 곳에 갔다가 폭풍우를 만나 놀랐던 기억이 희미해지자 양들은 예전에 목자가 데려간 곳의 신선한 풀 맛을 떠올렸습니다.

양들의 마을 부근의 풀은 이제 질릴 정도로 먹은 데다 최근엔 비까지 오지 않아 풀들이 메말라서 맛이 떨어졌기 때문입니다. 그러자 양들은 예전에 목자가 데려갔던 그곳을 떠올리며 한 번 더 가고 싶다고 생각했습니다. 평소에 자기주장이 강했던 양들이 목자를 조르기 시작했습니다.

"햇빛도 좋은데 모처럼 외출을 좀 하면 어떨까요?"

"목자 양반, 한곳의 풀만 먹으면 무슨 재미로 사는가? 다른 곳의 풀 맛은 어떤지 궁금하기도 하고……."

목자가 아무 말도 하지 않자, 이번엔 더 큰 소리로 엉뚱한 트집을 잡으며 불만을 터뜨렸습니다.

"목자는 왜 자기 일을 하지 않는 거지? 목자는 우리를 건강하게 양육할 책임이 있지 않은가? 왜 맨날 노래만 하고 피리만 불고 있는 거야?"

며칠을 졸라 대며 양들이 투정을 부리자, 드디어 햇빛이 좋은 어느 날 목자는 양들을 데리고 외출을 했습니다.

양들은 너 나 할 것 없이 기쁜 마음으로 목자를 따라나섰습니다. 낯선 곳으로의 이동은 언제나 양들을 위축되게 만들었습니다. 하지만 지난번에 놀라운 경험을 한 적이 있는 데다 목자의 능력을 봐 둔 터라 의기양양하게 목자를 따라나섰습니다.

어떤 양은 목자의 피리 소리에 맞춰 춤을 추었고, 어떤 양은 있는 힘껏 목청을 높여 노래하며 목자를 따라 걸었습니다. 목자는 지난번과는 다른 곳으로 양들을 인도했습니다. 이곳은 저번에 갔던 곳보다 풍광도 더 좋고 풀들도 더 기름지고 반들반들 깨끗했습니다. 목자는 그중에서도 가장 푸르고 신선해 보이는 풀밭을 찾아서 양들이 먹을 수 있게 했습니다. 양들은 마음껏 먹었고, 기분 좋게 배를 채웠습니다. 풀들은 초여름의 햇빛이 주는 영양과 상큼한 공기를 머금어 양들의 마을 부근의 풀보다 더 신선하고 야들야들하고 감칠맛이 있었습니다. 모든 것이 만족스럽게 여겨지자 목자를 싫어하던 양들까지도 모두 흐뭇한 눈으로 목자를 바라보게 되었습니다.

배부르고 등 따뜻한 양들이 햇빛을 받아 반짝이는 초원 이곳저곳에 누워 잠을 청하기 시작했습니다. 춤추던 양들도, 노래하던 양들도, 목자의 이야기를 듣던 양들도 하나둘씩 초원 위에 쓰러지듯 누워 버렸습니다.

어느덧 저녁노을이 내려오고 있었습니다. 목자는 양들의 마을로 이동하다 밤이 찾아오면 양들이 또 힘들어할까 봐 이곳에서 하루 머물기로 마음먹었습니다.

목자는 양들이 잠자는 사이에 우물을 찾아 나섰습니다. 양들이 잠에서 깨어나면 목이 말라 물을 찾을 것이므로 우물에서 물을 길어 오려고 잠시 양들에게서 멀어졌습니다.

목자는 2km쯤 가서 우물을 발견했습니다. 물통에 물을 담

고 있을 때 멀리서 어수선한 소음이 들려왔습니다. 목자는 즉시 하던 일을 멈추고 가만히 귀를 기울였습니다. 양들의 아우성 소리였습니다. 양들은 공포에 떨며 소리를 질러 댔습니다. 목자는 양들의 외침 소리 속에 낯선 소리가 끼어 있는 것을 느낄 수 있었습니다. 아주 불온하고 위험한 느낌의 소리가 함께 들렸습니다.

목자는 바로 뛰기 시작했습니다. 평온하게 잠들어 있던 초원은 이미 평강이 사라진 지 오래였고 양들은 두려움에 질려서 이리저리 뛰어다녔습니다. 목자가 막대기를 휘저으며 달려가자 곧바로 시커먼 형체가 산을 향해 달려가는 것이 보였습니다. 번뜩이는 눈빛이 초승달보다 서늘하게 느껴지는 그것은 이리였습니다.

양들은 느닷없는 야수의 출몰에 어쩔 줄을 몰랐습니다. 목자가 달려와 막대기로 이리들을 쫓아냈지만 양들은 공포로 완전히 얼어붙었습니다. 양들의 눈엔 두려움이 몰고 온 어둠이

깃들어 있었습니다. 목자가 눈에 보이고 이리가 자기들 무리에서 떨어져 나간 것을 알고 나자 양들은 그제야 한숨을 쉬며 주저앉아 버렸습니다.

늘 투덜대는 양도, 자기밖에 모르는 양도 목자가 자기들을 지켜 준 것에 안심을 했습니다. 그러나 여전히 대부분의 양들은 넋이 나가 있는 표정이었습니다.

목자는 혼란한 가운데 여기저기 흩어져 있는 양들을 모으고, 수를 세기 시작했습니다.

"하나, 둘, 셋, 넷, 다섯, 여섯, 일곱, 여덟, 아홉, 열, 열하나… 열아홉… 스물셋… 마흔둘… 쉰여섯… 일흔여덟… 아흔, 아흔하나, 아흔둘, 아흔셋, 아흔넷, 아흔다섯, 아흔여섯, 아흔일곱, 아흔여덟, 아흔아홉, 아흔아홉! 다시!"

목자는 양들의 수가 100이 채워져야 하는데 아흔아홉까지밖에 채워지지 않자 피리를 불며 양들의 시선을 모았습니다. 그러고는 옆에 있던 양 중에 누가 없어지진 않았는지 둘러보라고 했지만 양들은 평소에 옆에 누가 있든 없든 관심을 가지지 않았기 때문에 잘 알 수 없었습니다. 게다가 날이 이미 어두워져서 옆에 있는 양도 눈에 들어오지 않았습니다.

목자는 다시 양들의 수를 세기 시작했습니다.

"하나, 둘, 셋, 넷, 다섯, 여섯, 일곱, 여덟, 아홉, 열, 열하나… 열아홉… 스물셋… 마흔둘… 쉰여섯… 일흔여덟… 아흔, 아흔하나, 아흔둘, 아흔셋, 아흔넷, 아흔다섯, 아흔여섯, 아흔일곱, 아흔여덟, 아흔아홉, 아흔아홉!"

양 한 마리가 없어졌다! 그때, 호기심 많은 양이 외쳤습니다.

"교만한 양이 안 보인다! 교만한 양이 없어졌어! 교만한 양아……."

그러자 다른 모든 양들이 교만한 양의 이름을 부르며 소리를 지르기 시작했습니다.

"교만한 양아…… 교만한 양아……."

그때, 투덜대기 좋아하는 양이 비명을 질렀습니다.

"꺄아아…… 이리가 교만한 양을 데려갔어……. 매애애애."

그러자 99마리의 양이 일제히 소리를 질렀습니다.

"까아아악…… 정말이야? 매애애애……. 어떡해!"

"교만한 양은 틀림없이 죽었을 거야."

"이리가 벌써 교만한 양의 사체를 물어다 버렸을 거야."

"이리들이 교만한 양을 해치우고 나서 또다시 더 많은 이리
들을 몰고 오지 않을까?"

"까아아악…… 매애애애…… 무서워."

4. 99마리가 중요해, 한 마리가 중요해?

교만한 양이 왜 없어졌는지 양들이 추측을 덧붙일 때마다 두려움이 점점 커졌습니다. 양 한 마리의 공포가 그 옆의 양들에게 전염되어 비명이 되더니 걷잡을 수 없는 어둠이 양들을 무겁게 짓눌렀습니다. 또다시 두려운 마음에 목자를 원망하기 시작했습니다.

"목자, 목자가 책임져야 하는 거 아냐? 우릴 지키고 있었어야지 왜 자릴 비우냐고?"

"꼭 이렇게 먼 데까지 와야 할 이유가 있었던 거야?"

"그것 봐, 내가 저자는 목소리만 좋지, 못 믿겠다고 얘기했잖아."

"이제 어떡할 거야? 곧 이리들이 몰려올 텐데 당신 혼자 우리들을 다 지킬 수 있겠느냐고……."

"이리들이 쫓아오기 전에 얼른 우리 마을로 돌아가자……. 교만한 양은 죽었다고."

성격이 급한 양과 남의 말 하길 좋아하는 양이 다른 양들을 선동했습니다. 두려움에 질린 양들 몇몇이 동조하기 시작했습니다.

"그래, 우리들의 마을로 얼른 돌아가자……. 그것만이 살길이야."

성격이 급한 양과 남의 말 하길 좋아하는 양의 말에 동조하지 않는 양들은 그들이 무서워서 목자를 편들지도 못하고 그저 눈치만 보고 있었습니다.

목자는 이런 양들의 소동과 반란을 못 들은 건지 못 듣는 체하는 건지 무심하게 하늘만 바라보고 있었습니다. 그런 목자를 못마땅하게 바라보며 투덜대는 양이 말했습니다.

"흥! 자기 잘못인 줄 아는가 보네……. 그렇게 양들이 놀러 가자고 부추긴다고 굳이 이렇게 먼 데까지 와서 이런 봉변을 당하게 하는 건 뭐야."

남의 말 하길 좋아하는 양은 목자의 눈치를 보며 은근한 목소리로 말했습니다.

"교만한 양은 죽었어. 잊어버려."

순간 하늘을 바라보고 있던 목자의 눈이 반짝하고 빛이 났습니다. 그리고 결단한 듯이 양들을 향해 이야기했습니다.

"자, 이미 날이 어두워졌다. 지금 이동하는 것은 너희들 모두에게 무리다. 몇 시간만 있으면 곧 날이 샌다. 나의 임무는 너희들을 하나도 잃지 않고 보호하는 것이니까 동이 트면 바로 마을로 돌아가자."

평소에 목자를 사랑하고 아끼던 양들은 사라진 교만한 양을 찾을 생각도 하지 않고 마을로 돌아간다는 목자의 말에 실망을 하고 말았습니다. 그래서 고개를 숙이고 무리들 속으로 숨어 버렸습니다. 소심한 양과, 겁이 많은 양과, 호기심 많은 양들이 그들입니다.

그러나 나머지 다른 양들은 당연하다는 듯이 고개를 끄덕였습니다. 심지어 남의 말 하길 좋아하는 양은 모처럼 목자의 말이 마음에 들었는지 신나서 말했습니다.

"암, 그래야지! 없어진 건 교만한 양 한 마리뿐이니 살아 있는 우리 99마리라도 안전하게 돌아가야지!"

성격이 급한 양은 이렇게 말했습니다.

"목자 양반, 행여나 교만한 양을 찾겠다고 애쓰지 마시오! 나는 교만한 양이 사고 칠 줄 알았다니까……. 늘 맨 앞에서 잘난 척하고 설치더니……. 쯧쯧쯧."

목자는 다시 하늘을 향해 고개를 들었습니다. 순간, 목자의 눈에선 촉촉한 별빛 한 줄기가 주룩 흘러내렸습니다. 목자는 목이 메어서 양들에게 어떤 말도 할 수 없었습니다. 이리에게 잡혀간 교만한 양도 불쌍하고, 자신들밖에 모르는 양들도 똑같이 불쌍하게 느껴져서 목자는 마음이 쓰라렸습니다.

별빛이 연해지고 하늘이 새파래지는 느낌이 들면서 동이 트기 시작하자 목자는 피리를 불었습니다. 밤새 잠을 푹 자지 못한 양들은 잠을 깨우는 목자를 향해 투덜거렸지만, 상황이 상황인지라 목자의 피리 소리에 맞춰 움직이기 시작했습니다. 마을로 돌아가면서 울려 퍼지는 목자의 피리 소리는 슬픈 듯 평온한 듯 듣는 양들의 마음을 가라앉혀 주는 힘이 있었습니다. 마음이 강퍅한 양들의 마음에도, 없어진 교만한 양을 생각하는 양들의 마음에도 부드러운 마음이 일게 만드는 힘이 있었습니다.

양들의 마을에 도착하자마자 어느새 몇몇 양들은 몇 시간 전에 있었던 혼란은 잊어버린 듯 잠에 푹 빠졌습니다.

99마리의 양이 모두 안전하게 도착한 것을 확인한 목자는 다시 길을 떠날 준비를 했습니다. 소심한 양이 목자가 다시 짐을 챙기는 모습을 보고 물었습니다.

"목자님, 어딜 가시게요?"

목자가 대답했습니다.

"다시 돌아가서 교만한 양을 찾아와야지."

소심한 양이 너무 놀라 소리치는 바람에 부근에 있던 몇몇 양들까지 알아 버렸습니다.

"아니, 목자님, 뭐라고요? 거기로 다시 돌아간다고요? 교만한 양은 이리가 데려갔는데요? 이미 죽었을 텐데."

목자는 확신에 찬 목소리로 대답했습니다.

"아니, 교만한 양은 죽지 않았다. 길을 잃었을 뿐이야."

옆에서 성격이 급한 양이 큰 소리로 외쳤습니다.

"우리를 이렇게 놔두고 잃어버린 교만한 양 한 마리를 찾아 길을 떠나겠다고?"

똑똑한 양도 거들먹거리며 거들었습니다.

"목자 양반, 머리가 있음 계산해 보라고……. 우린 99마리고, 목자 양반이 찾아오겠다는 것은 고작 한 마리인데…… 무엇이 더 중요한지 정말 모르는 거야?"

목자는 무엇이든 다 알고 있다는 듯 의기양양하게 이야기하는 똑똑한 양을 쳐다보더니 한숨을 푹 쉬며 말했습니다.

"너희는 이제 집에서 안식할 수 있지 않느냐? 그러나 교만한 양은 지금 얼마나 두려운 마음으로 낯선 곳을 헤매고 있겠냐……. 걱정하지 마라. 너희는 안전할 것이다."

그렇게 목자는 피리와 막대기 하나를 들고 이리들에게 잡혀가 죽었을지도 모를 교만한 양 한 마리를 찾기 위하여 다시 먼 길을 떠났습니다. 그리고 99마리의 양은 불만과 서운함과 우려 섞인 표정으로 목자의 뒷모습을 지켜보았습니다.

5. 교만한 양은 어디로 간 걸까?

한편 그날 밤 교만한 양에겐 무슨 일이 일어난 것일까요? 사실 교만한 양은 유난히 깔끔한 성격이어서 더러운 양들 사이에서 지내는 것을 무척 힘들어했습니다.

"난, 너희들이랑 달라."

라는 말을 입에 붙이고 사는 교만한 양에게, 잘 씻지도 않고 흙이 묻어도 털어 내지도 않고 먹던 것이 몸에 붙어 있어도 떼어 낼 생각을 하지 않는 양들과 함께 있는 것은 생각만 해도 끔찍한 일이었습니다.

그래서 그날도 무리에서 멀찍이 떨어져 혼자 우아하게 풀을 뜯어 먹고 소화도 시킬 겸 여유롭게 걸으며 주변 풍경을 감상했습니다. 굽이굽이 태양을 가리는 병풍처럼 서 있는 산들이 빚어낸 풍경은 양들의 마을에서 쉽게 볼 수 없는 것이었습니다.

양들의 마을은 사방이 온통 초원뿐이어서 볼 수 있는 풍경은 하늘밖에 없었으니까요. 그런데 목자가 데려온 이곳의 풍경은 풀만 먹고 가기엔 아까운 매력을 잔뜩 뿜어 대고 있었습니다.

태양을 가릴 만큼 높은 산들이 겹겹이 서 있고, 입구엔 형형색색의 꽃들과 어마어마하게 큰 나무들이 서 있는 숲이 있었습니다. 그곳에는 양들의 마을에선 볼 수 없었던 흥미로운 이야기가 있을 것 같고, 이제까지 맛보지 못한 새로운 풀이 존재할 것 같았습니다. 교만한 양의 눈에는 그 숲이 아름다운 보석같이 반짝거리며 들어와 보라고 손짓하는 것처럼 보였습니다.

미지의 세계를 향한 도전이 반드시 좋은 결과만을 가져오는 것은 아니지만 누구나 긍정적인 결과를 기대하며 발걸음을 떼기 마련이죠. 교만한 양도 자신이 바라는 결과를 믿으며 과감하게 숲을 향해 발걸음을 옮겼습니다.

다른 양들이 저마다 풀을 배부르게 먹고 식곤증으로 쓰러져 낮잠을 자고 있을 때 교만한 양은 숲을 향해 걸어가며 다른 양들을 비웃었습니다.

'흥, 배부르다고 그새 잠자는 꼴이라니……. 먹으면 자고, 자고 나면 먹고…… 그러니 다들 양들을 무시하는 거지.'

숲에 가까이 갈수록 새로운 미지의 세계에 대한 설렘과 두근거림으로 심장이 콩닥콩닥 뛰기 시작했습니다.

숲속에 숨겨져 있을 맛있는 풀들과 재미있는 것들을 상상하며 걷다 보니 어느새 다른 양들과 거리가 많이 벌어져 버렸습니다. 하지만 무섭다기보다는 내가 저들보다 우월하다는 생각이 강했기 때문에 교만한 양은 다시 뒤를 돌아 낮잠 자는 양들에게로 돌아가고 싶지 않았습니다.

산 밑에 다다르자 키 큰 나무들이 빽빽이 들어선 숲속이 온통 어둡게 보였습니다. 마침 태양이 하늘 한가운데 있는 데다 워낙에 키 큰 나무들이 빽빽하게 서 있어서 태양 빛이 비집고 들어갈 틈이 없었던 것이죠.

막상 숲속으로 한 걸음 들어서려니 숲속이 너무 캄캄하고 어두워서 망설여졌습니다. 덜컥 겁이 난 거죠.

다시 뒤를 돌아보니 이제는 너무 멀리 와 버려서 목자도 양들도 보이지 않았습니다.

교만한 양은 크게 한숨을 쉬고 숲을 향하여 한 걸음 들어섰습니다. 빛이 있던 곳에서 어두운 곳으로 들어오자 갑자기 아무것도 보이지 않았습니다. 마치 눈이 먼 것같이 여겨져서 교만한 양은 순간 당황했습니다. 무의식적으로 하늘을 올려다보았지만 높은 나무들이 하늘을 가려 아무것도 보이지 않았습니다.

어둠에 적응하려고 눈을 잠시 감았다 떠 보니 숲의 안쪽에서 보랏빛을 띠는 것들이 반짝거리고 있는 것이 보였습니다. 신비한 느낌에 그곳으로 발을 내딛는 순간, 기분 나쁜 서늘한 움직임이 소리로 들려왔습니다.

휘이익- 싸아- 아아.

'무언가 위험한 것이 있다!'

정체를 알 수 없지만 두려움을 느낀 교만한 양은 무작정 달리기 시작했습니다. 보랏빛을 띠는 숲을 향해 있는 힘껏 도망치기 시작했습니다. 얼마나 달렸을까. 보랏빛 꽃들이 만발해 있는 아름다운 숲에 이르러 그 신비한 광경에 시선을 뺏기는 순간, 교만한 양은 누군가의 발에 걸린 것처럼 공중을 날아 세게 얻어맞은 듯한 아픔을 느끼며 정신을 잃었습니다.

목자는 양들의 협박과 원망을 뒤로한 채 다시 교만한 양이 사라진 그곳을 향해 걸었습니다. 아니, 뛰었다는 표현이 더 맞을 겁니다. 시간이 이미 많이 지났고, 하늘이 잿빛으로 무겁게 내려앉아 곧 비가 내릴 것 같은 분위기여서 그 전에 도착해 교만한 양의 자취를 찾아야 했기 때문입니다.

비가 오려고 그러는지 후텁지근한 데다 한시라도 빨리 도착하려고 계속 뛰었기 때문에 목자의 머리카락은 땀에 젖어 양볼과 목에 달라붙었고, 목자의 바지는 다리에 착 달라붙어 뛰는 데 힘이 더 들었습니다. 드디어 후드득 빗방울이 떨어지더니 비가 거세게 내리기 시작했습니다. 목자의 마음은 더욱 간절해졌습니다.

'이렇게 비가 내리면 교만한 양의 발자취를 찾기가 힘들어진다!'

목자는 이제 전속력으로 달리기 시작했습니다. 너무 먼 길을 달렸기 때문에 목자는 타는 듯한 갈증을 느꼈습니다.

목자는 입을 열어 하늘에서 떨어지는 빗물을 마셨습니다. 혀에 닿는 빗물이 어찌나 달게 느껴지는지…… 때맞춰 목자의 갈증을 해소해 주시는 하나님께 감사를 드렸습니다.

빗물을 마신 목자는 다시 뛰어갈 힘을 얻었습니다.

♣

   드디어 목자는 교만한 양이 사라진 곳, 양들이 함께 맛있게 풀을 뜯어 먹고 달콤한 휴식을 취하던 곳에 도착했습니다. 그곳에도 비가 많이 내려서 신선하게 빛나던 풀들은 저마다 비바람에 눌려 힘없이 누워 있었고 교만한 양의 발자취를 찾기 힘들 만큼 모든 풀들이 뭉개져 있었습니다.

   목자는 더욱 애가 탔습니다.

   '이렇게 비가 내리는데 교만한 양은 대체 어디로 갔단 말인가! 정말 이리가 교만한 양을 데려갔단 말인가!'

   목자는 침착하게 사방을 둘러보았습니다. 한쪽은 목자가 물을 길으러 갔던 우물이 있는 곳이고, 한쪽은 험하게 보이는 산들이 있고 숲이 있었습니다. 목자는 단번에 숲을 향해 성큼성큼 걸어가기 시작했습니다.

   목자는 숲을 향해 걸어가며 마음으로 말했습니다.

'교만한 양아, 나는 너의 목자다. 나는 너를 잃어버리지 않을 것이다. 나는 너를 결코 혼자 내버려 두지 않을 것이다.'

비록 눈앞에 교만한 양이 없을지라도 교만한 양이 목자의 마음의 소리를 듣게 되길 간절히 바라며 숲을 헤치고 들어갔습니다.

숲속은 고요했습니다. 막상 숲속으로 들어서자 빗방울이 작아졌습니다. 키 큰 나무들이 저마다의 이파리로 비를 차단하는 효과를 내서 비가 한결 덜 내리는 듯했습니다. 목자는 찬찬히 주위를 둘러보았습니다. 어디서라도 교만한 양의 흔적을 찾기 위해서지요. 목자는 가만히 눈을 감고 숨소리마저 낮추고 교만한 양의 소리를 듣기 위해 집중하기 시작했습니다.

그때였습니다. 목자 가까운 곳에서 서늘한 기운이 느껴져 눈을 떴습니다. 눈을 뜨자마자 날카롭게 빛나는 눈동자와 마주쳤습니다. 그것은 이리였습니다. 웬만한 사람은 이리의 뾰족한 이빨을 보기만 해도 혼비백산하여 도망가거나 기절했을 텐데 목자는 침착했습니다.

　오히려 놀란 것은 이리였습니다. 이리는 목자의 주변을 천천히 돌기 시작했습니다. 마치 함부로 공격할 수 없는 적을 탐색하려는 듯 천천히 목자의 주위를 돌며 관찰하기 시작했습니다. 목자는 그런 이리의 눈을 피하지 않고 뚫어져라 마주 보았습니다. 그리고 목자가 먼저 이리를 향해 한 걸음 앞으로 나아갔습니다. 그러자 이리가 슬금슬금 뒷걸음질 치기 시작했습니다. 목자가 또 한 발을 이리를 향해 내디뎠습니다. 이리는 재빠르게 몸을 돌리더니 도망치듯 달려가 버렸습니다.

　목자는 다시 주변을 둘러보았습니다. 어느새 비가 그쳤습니다. 숲의 안쪽으로 더 들어갔을 때 나무의 뿌리가 가로로 뻗어 있는 곳에서 교만한 양의 털을 발견했습니다. 얼핏 지나칠 수도 있을 만큼 몇 개의 털이 잔가지 사이에 끼어 있었습니다. 단지 몇 가닥이지만 그것은 틀림없이 교만한 양의 털이었습니다. 다행히도 털 주위에 피 흘린 흔적이 없는 것을 확인한 목자는 안도의 한숨을 쉬었습니다.

'교만한 양은 살아 있다.'

여기까지 걸어오는 동안, 이리가 있음을 확인했음에도 핏자국이 없었다는 것은 교만한 양이 아직 살아 있다는 것을 의미하는 것이니까요. 목자는 숲속으로 더 깊이 들어가기 위해 발걸음을 옮겼습니다.

6. 네가 어디에 있든 내가 함께 있다

정신을 잃었던 교만한 양의 이마로 물방울이 톡톡 떨어졌습니다. 이마에 떨어진 차가운 물방울이 교만한 양을 깨웠습니다. 교만한 양은 눈을 떠 주변을 돌아보았습니다. 동굴 같기도 하고 흙 속인 것 같기도 한데 바닥은 축축하고 서늘했습니다.

'무덤 속인가?'

누워 있는데도 현기증이 나서 그대로 누운 채로 어둠을 바라보았습니다. 잠시 시간이 흐르자 눈이 어둠에 익숙해져서 주변의 윤곽이 보이기 시작했습니다. 교만한 양이 누워 있는 곳은 아주아주 깊은 땅속 같았습니다. 풀을 뜯어 먹던 곳의 흙과는 좀 다른 진한 흙냄새가 났습니다. 그것은 오랫동안 공기와 빛을 많이 경험해 보지 못한 축축한 흙냄새였습니다.

고개를 들어 보니 위쪽은 다행히 막혀 있지 않은 듯 바람이 통하는 것같이 느껴졌습니다. 교만한 양은 손으로 자신의 배를 꼬집어 보았습니다. 따끔한 통증이 느껴졌습니다. 교만한 양은 자신이 아직 죽지 않고 살아 있다는 것에 안도의 한숨을 쉬었습니다. 갑자기 동굴 안이 환하게 밝아졌습니다. 깜짝 놀라 위를 쳐다보니 초승달이 조명을 켠 것처럼 환하게 동굴을 밝혀 주고 있었습니다.

교만한 양은 초승달을 보자 무엇인가에 홀린 듯 벌떡 일어났습니다. 그리고 더듬더듬 벽 쪽으로 가서 올라가 보려고 애써 보았지만, 발을 디딜 때마다 미끄러지기만 해서 한 발짝도 오를 수 없었습니다.

눈물이 주룩하고 흘러내렸습니다. 더럽고 단순하다고 무시했던 동료 양들이 보고 싶어졌습니다. 그들의 더러운 털들과 쾨쾨한 냄새가 못 견디게 그리웠습니다. 그리고 목자가 떠올랐습니다. 언제나 교만한 양이 무시했던 그 목자, 하지만 지금 이 순간 목자의 따뜻한 노랫소리와 음성이 간절히 생각났습니다.

'목자의 말을 새겨들을 것을…… 왜 내가 동료들을 떠나왔을까?'

후회가 밀물처럼 몰려왔습니다. 쓸데없는 호기심 때문에 어딘지 알 수 없는 이 캄캄한 곳에 홀로 떨어져 있다는 것이 너무나 한심하게 여겨져 눈물밖에는 나지 않았습니다.

바로 그때 교만한 양은 너무 놀라 온몸을 부르르 떨었습니다. 초승달 옆으로 서슬 퍼런 눈빛들이 동그랗게 줄지어 자신을 바라보고 있는 것을 발견했기 때문입니다. 그것은 이리들의 눈빛이었습니다. 이리들이 하늘을 향해 나 있는 동굴 입구에 서서, 동굴 아래로 떨어져 흙투성이가 되어 부들부들 떨고 있는 양 한 마리를 호시탐탐 노려보고 있었습니다.

목자는 숲속으로 계속 걸어 들어갔습니다. 더 이상 어디에서도 교만한 양의 흔적은 발견할 수 없었습니다. 목자에게도 밤이 찾아왔습니다. 목자는 일단 밤을 보낼 곳을 찾았습니다.

제일 굵고 커다란 나무를 골라 타고 올라갔습니다. 하늘에는 초승달이 밝게 떠 있었습니다. 초승달을 바라보며 어디에선가 두려움에 떨고 있을 교만한 양을 생각하며 피리를 불기 시작했습니다.

'교만한 양아, 네가 어디에 있든 내가 함께 있다. 네가 사망의 음침한 골짜기에 있을지라도 두려워하지 마라. 내가 너와 함께 있다. 너는 죽지 않을 것이다. 내가 너를 찾을 것이다.'

목자는 잠도 자지 않으며 교만한 양을 위해 피리를 불어 주었습니다.

교만한 양이 피리 소리를 듣고 두려움에 빠지지 않기를 바라면서 말이죠.

한편, 교만한 양은 밤이 깊어 가는데도 눈을 감고 잠을 청할 수가 없었습니다. 이리들이 자신을 내려다보고 있는 것을 발견한 것이 화근이었습니다. 교만한 양은 이리들이 자신을 해치기 위해 언제 내려올지 몰라 두려움에 떨며 밤을 지새우고 있었습니다.

그런데 그때, 어디선가 익숙한 피리 소리가 들려왔습니다.

"아, 목자의 피리 소리다!"

교만한 양은 자신의 귀를 의심했습니다.

'에이, 여기에 목자가 있을 리가 없지……. 목자는 양들의 마을로 돌아갔을 텐데.'

그런데도 목자의 피리 소리는 더 선명하게 들려왔습니다. 교만한 양은 아무래도 자신이 이미 죽었나 보다고 생각했습니다. 자신이 벌써 죽은 건지도 모른다고 생각하자 언제 공포를 느꼈는지, 이리가 있었는지 없었는지조차 무감각해졌습니다. 공포가 사라지자 어느새 스르르 눈이 감겨 왔습니다. 이리가 자신을 해치든 말든 교만한 양은 스스로 제어할 수 없는 어떤 힘에 이끌리듯 잠 속으로 빠져들어 갔습니다. 그런데 그 순간, 교만한 양의 귀에 목자의 속삭임이 들려왔습니다.

'교만한 양아, 네가 어디에 있든 내가 너와 함께 있다. 네가 사망의 음침한 계곡에 있을지라도 두려워하지 마라. 내가 너와 함께 있다. 너는 죽지 않을 것이다. 내가 너를 찾을 것이다.'

'아, 목자님…… 목자님…… 어서 와 주세요. 보고 싶어요.'

교만한 양은 그대로 달콤한 잠에 빠져들었습니다. 교만한 양을 뚫어져라 지켜보던 이리들 중의 몇이 내려오려고 시도하다 포기하고는 입맛을 다시며 돌아갔습니다.

다음 날 아침이 밝아 왔습니다. 목자는 밤새 간절한 마음으로 기도했습니다.

'교만한 양을 찾을 수 있게 되기를⋯⋯. 교만한 양이 목자를 만나기 전에 살 소망을 잃지 않게 되기를⋯⋯.'

하루 전에 내린 비로 숲속의 식물들과 생물들은 생기가 더해졌습니다. 숲 밖에서는 숲이 어둡게 느껴졌지만, 막상 숲속에 들어와 있으니 나뭇잎 사이로 들어오는 햇살이 눈부시게 느껴졌습니다. 어제보다는 숲속의 풍경이 선명하게 눈에 들어왔습니다. 시원스럽게 쭉쭉 뻗은 나무들 사이로 형형색색의 꽃들이 피어 있고 온갖 색깔과 크기의 벌레들과 곤충들이 자신들만의 공간을 마련해 쉬고 있었습니다. 너무나 아름다운 하나님의 작품에 목자는 감탄을 금할 수 없었습니다.

하나님께서 태초에 이 모든 식물과 동물들을 지으시고 얼마나 기뻐하셨을까 하는 생각이 들 정도로 숲속의 풍경은 아름다웠습니다.

'교만한 양도 내가 보고 있는 세상을 함께 볼 수 있으면 참 좋을 텐데…….'라고 생각하며 목자는 다시 숲속을 빠르게 걷기 시작했습니다.

숲은 보기보다 훨씬 더 넓었고 크기를 알 수 없을 만큼 깊고 깊었습니다. 걸어 들어갈수록 방향을 잃어버릴지도 모른다는 생각이 들만큼 나무와 꽃들이 빼곡하게 자리 잡고 있었습니다. 숲속이 넓고 깊다는 것을 확인한 목자는 가능한 한 빨리 교만한 양을 찾아야겠다는 생각이 들었습니다.

게다가 어제 만났던 이리가 떠올라 더욱 초조해졌습니다.

이렇게 크고 깊은 숲이라면 이리뿐만 아니라 다른 맹수들도 있을 테니 말입니다.

걷다 보니 보랏빛 꽃들이 점점 눈에 들어오기 시작했습니다. 블루벨이란 이름의 보라색 꽃들이 촘촘하게 수를 놓은 듯 숲을 점령하고 있는 모습에 목자의 시선이 멈췄을 때, 문득 옆에서 움직임이 느껴졌습니다.

고개를 돌리니 사슴 한 마리가 눈을 동그랗게 뜨고 목자를 바라보고 있었습니다. 목자와 눈이 마주친 사슴은 사람을 무서워하기는커녕 호기심 가득한 눈빛으로 쳐다보더니 목자가 손을 내밀자 목자의 손에 자기의 앞발을 올려놓았습니다. 그러더니 수줍은 듯 발을 빼어 발뒤꿈치를 들고 사뿐사뿐 산을 뛰어 올라갔습니다. 주변은 온통 보랏빛의 블루벨이 숲을 물들이듯 퍼져 있었습니다. 숲속에서 만나고 보는 것들은 모두 사랑스러웠습니다.

그때였습니다. 뭔가 익숙하지만 기분 나쁜 느낌이 목자를 사로잡았습니다. 선뜻 목자 앞으로 나서지 않은 채 목자를 지켜보는 어둠의 시선들이 360도로 목자를 둘러싸고 있는 것이 느껴졌습니다. 목자의 이마에는 땀방울이 맺혔습니다. 그러나 목자의 표정은 당황한 기색이 전혀 없이 담대하게 보였습니다. 이윽고 목자가 발걸음을 멈추고 눈을 감았습니다.

'이것은 어제 마주쳤던 이리다. 그런데 한 마리가 아니다. 적어도 여덟, 아홉 마리는 된다. 이리들이 나를 동시에 덮치려고 하겠지!'

목자가 눈을 한 번 감았다 뜨자 어둠 가운데 숨어 있던 이리들이 하나둘 모습을 드러냈습니다. 아홉 마리의 이리들이 목자를 둘러싸듯 서서 날카로운 이빨을 드러내며 목자를 향해 웃고 있었습니다. 그들은 마치 이미 승리를 얻은 전사들처럼 의기양양한 태도로 목자를 향해 원을 좁혀 왔습니다.

목자는 천천히 가슴에 품고 있던 막대기를 꺼내 바닥에 내려놓았습니다. 그리고 피리를 꺼내 불기 시작했습니다. 갑자기 들려오는 낯설지만 아름다운 피리 소리에 이리들이 잠깐 망설이더니 그중의 한 놈이 목자에게 덤벼들었습니다. 너무나 갑작스러운 공격에 웬만한 사람은 그냥 이리에게 깔려 날카로운 이빨에 살점을 뜯길 판이었지만 목자는 이리의 공격을 예상한 듯 이리가 달려듦과 동시에 막대기를 휘둘렀습니다.

막대기는 이리의 정수리를 정확하게 쳤습니다. 선제공격한 이리는 덤비자마자 목자의 막대기에 맞고 땅에 쓰러져 버렸습니다. 동료가 쓰러지자 동시에 두 마리의 이리가 목자에게 덤벼들었습니다. 목자는 역시 예상이나 한 듯 날렵하게 막대기를 좌우로 휘둘러 정확하게 이리 두 마리의 머리를 쳤습니다. 두 마리의 이리가 바닥에 쓰러졌습니다. 그러자 남은 이리들은 더 이상 공격을 하지 않고 이빨만 드러낸 채 으르렁거리며 위협하더니 슬그머니 뒷걸음쳐 돌아갔습니다.

목자가 세 마리의 이리가 기절해 누워 있는 것을 확인하고 막대기를 보니 피가 묻어 있었습니다. 이리들은 큰 상처는 없었는데 그중에서 살짝 눈을 뜨고 눈치 보듯 목자를 바라보는 이리 한 마리의 귀가 반쯤 떨어져 나간 것이 보였습니다. 막대기와의 순간적인 충격으로 귀가 찢어진 것 같았습니다. 목자는 이리가 너무 가여워 이리의 귀에 손을 갖다 댔습니다. 그러자 피가 멎고 찢어진 귀가 아물었습니다.

막대기에 묻은 피를 씻기 위해 목자는 물이 있는 곳을 찾아 다시 걷기 시작했습니다. 목자는 걸으면서도 교만한 양에게 신호를 전하기 위해 계속 피리를 불며 나아갔습니다. 이리들이 교만한 양을 잡아갔다면 틀림없이 흔적이 남아 있을 텐데 어디에도 교만한 양의 자취는 보이지 않았습니다.

한참을 걷다 보니 어디선가 물 흐르는 소리가 났습니다. 가서 보니 커다란 나무 사이로 맑은 물이 흐르는 계곡이 나타났습니다.

물을 보자 목자는 심한 갈증을 느꼈습니다. 아니, 잊고 있던 갈증이 생각났다는 표현이 더 맞을 것입니다. 손으로 물을 떠

목을 축이던 목자는 어제부터 아무것도 먹은 게 없다는 것이 기억났습니다. 그와 함께 교만한 양도 아무것도 먹지 못하고 혼자 두려움에 떨고 있을지 모른다고 생각하니 달았던 물이 쓰게 느껴졌습니다.

목자는 계곡 근처에 교만한 양의 흔적이 있는지 살펴보았습니다. 혹시라도 교만한 양도 물을 찾아왔다 가지 않았나 하는 마음에 샅샅이 훑어보았지만 아무 흔적도 발견하지 못했습니다. 목자는 막대기에 묻은 피를 씻어 내고 다시 걷기 시작했습니다.

목자는 걸으며 생각했습니다.

'교만한 양아, 두려워하지 마라. 나는 너를 결코 버리지 않을 것이며, 내가 너를 다시 일으켜 세울 것이니 걱정하지 마라.'

7. 양은 목자의 음성을 듣는다

교만한 양은 꿈을 꾸었습니다.

　눈부시게 환한 햇빛을 받아 싱싱하게 빛나는 푸른 초원이 끝도 없이 펼쳐져 있었습니다. 그곳에서 교만한 양은 신선하고 맛 좋은 풀을 마음껏 먹고 만족스러운 마음으로 햇볕을 쬐고 있습니다. 그때 태양을 등지고 목자가 나타납니다. 목자가 햇빛보다 밝은 표정으로 웃으며 교만한 양에게 다가옵니다. 교만한 양은 그런 목자의 미소를 보자 너무 수줍어져서 고개를 숙입니다. 목자가 저렇게 멋있었다니…….

　교만한 양에게로 가까이 다가온 목자는 교만한 양을 두 손으로 안아 올리고선 어디론가 걸어갑니다. 이윽고 교만한 양을 내려놓은 곳은 아까보다 더 부드러운 느낌의 초원입니다. 목자는 교만한 양의 털을 쓰다듬어 줍니다. 따스한 햇살이 비치고, 목자의 따뜻한 손길이 교만한 양을 만져 주니 어느새 스르르 잠이 듭니다.

　'아…… 목자님…… 너무너무 좋아요. 목자님…… 사랑해

요⋯⋯.'

바로 그때였습니다. 갑자기 차가운 빗방울이 후드득 교만한 양의 머리 위로 떨어졌습니다.

교만한 양은 꿈에서 깨어났습니다. 비를 맞은 듯한 느낌으로 눈을 떴는데 털이 축축했습니다. 교만한 양은 아름다운 꿈에서 깨고 싶지 않았지만 저절로 눈이 떠졌습니다. 웅덩이 안에는 마실 물이 나오는 곳은 없었지만 이상하게 습해서 온몸이 축축하고 무겁게 느껴졌습니다. 그 아름답던 풍경과 상황이 꿈이었다는 것을 알게 되자 낙심은 더 깊어졌습니다.

교만한 양은 힘없이 일어나 웅덩이 안을 천천히 걸으며 생각했습니다. 숲에 들어와 사나운 짐승을 피해 보랏빛의 숲 쪽을 향해 달렸고 누군가 파 놓은 것인지, 아니면 자연적으로 생긴 것인지 알 수 없는 이 깊숙한 곳에 떨어지게 된 것이었습니다. 그나마 다행이라면 웅덩이가 너무 깊어서 이리들이 교만한 양이 있는 웅덩이로 감히 내려올 엄두를 내지 못한다는 것입니다. 하지만, 교만한 양 역시 혼자 힘으로는 웅덩이 위로 올라갈 수 없다는 것을 압니다. 누군가 내려와서 구원의 손길을 내밀어 주기 전에는 말입니다.

'후유, 이제 나는 이대로 죽는 것인가?'

교만한 양의 마음은 낙심과 절망 속으로 빠져 들어가기 시작했습니다. 스스로의 힘으로는 아무것도 하지 못하고, 이대로 있을 수밖에 없다는 생각에 마음이 웅덩이 속 어둠보다 더 어두워졌습니다.

또다시 어딘가에서 목자의 피리 소리가 들려왔습니다. 꿈에서도 들었던 그 아름다운 소리였습니다. 꿈에서 부드러운 풀밭에 교만한 양을 누이고 들려주었던 그 부드러운 속삭임.

그 순간, 교만한 양의 마음은 소망으로 가득 차올랐습니다.

'아! 난 살 수 있어. 목자님이 올 거야⋯⋯. 꼭 와 주실 거야. 나를 혼자 내버려 두지 않겠다고 약속하셨어⋯⋯. 목자님은 나를 구해 주실 거야.'

꼬르륵…….

교만한 양의 마음이 소망으로 가득 차자마자 배고픔과 갈증이 몰려오기 시작했습니다.

생각해 보니 이틀째 아무것도 먹지 못한 것입니다.

'배고프다…….'

어쩌면 이리에게 붙잡혀 죽기 전에 굶어 죽을지도 모른단 생각이 들어 교만한 양은 슬퍼졌습니다. 낙심을 하자 방금 전에 목자가 구해 주러 올 것이라는 희망에 부풀었던 마음은 그런 일은 절대 없을 거라는 부정적인 절망으로 바뀌었습니다.

꼬르륵.

배 속에서 다시 꼬르륵 소리가 났습니다. 교만한 양은 배고파서 그런 건지 슬퍼서 그런 건지 눈물이 났습니다. 그리고 교만한 양은 자신이 진심으로 뉘우치고 있다는 것을 깨달았습니다.

'나는 왜 그렇게 동료들을 무시하고 혼자 잘난 척하며 따로

있었을까!'

♣

한편 양들의 마을에선 한바탕 권력 다툼이 있었습니다. 사실 다툼이라고 말하기엔 너무 적수가 되지 않아 일방적인 싸움이었지만 말이죠. 목자가 99마리의 양을 버려두고 한 마리의 양을 찾아오겠다고 떠난 이후로 양들은 목자 없이 살아가야 한다는 것에 막연한 불안감을 느꼈습니다. 처음엔 목자가 99마리의 양을 버려둔 게 이해할 수 없고 옳지 않게 여겨져 분노했지만 나중엔 자신들을 돌봐 줄 누군가를 빨리 찾아야 한다는 강박감에 사로잡히게 되었습니다. 외출하고 들어올 때, 풀을 뜯으러 갈 때, 외부의 침입자로부터 자신들을 지켜 주고 위아래 서열이 지켜질 수 있도록 유지시켜 주는 존재가 필요했습니다. 이미 목자의 보호를 받아 본 경험이 만족스러웠기 때문에 목자가 있기 전의 상태로 다시 돌아가고 싶진 않았습니다.

맨 먼저, 남의 말 하길 좋아하는 양이 목소리를 크게 내기 시작했습니다. 남의 것을 탐하기 좋아하는 양과 서로 힘겨루기를 하더니만 결국 남의 말 하길 좋아하는 양이 이겼습니다. 남의 말 하길 좋아하는 양은 목자가 비워 놓은 자리를 차지하자마자 첫 번째로 목자를 깎아내리기 시작했습니다.

"목자는 우리를 버리고 떠났다. 그깟 도움도 되지 않는 양 한 마리를 찾아오겠다고 우릴 버렸다. 우린 구십구 마리이고, 저쪽은 한 마리인데 말이다. 이게 말이 되는가? 정신이 나가지 않고서야 어찌 이렇게 무책임한 행동을 한단 말인가! 목자라는 사람이 말이다! 너희들…… 목자라면 물불을 안 가리고 졸졸 따라다니던 너희들!"

하면서 소심한 양과 몇몇 양들을 노려보더니 다시 고개를 뻣뻣하게 들고 연설 아닌 위협을 계속 이어 갔습니다.

"이제 또다시 목자 이야기를 하면서 울어 대면 이 마을에서 쫓아 버릴 줄 알아!"

그리고 남의 말 하길 좋아하는 양은 자기를 잘 따르는 양들의 순서를 매겨서 가장 좋은 풀이 있는 곳은 자신과 자신이 좋아하는 양들이 먼저 차지하고, 물 마실 때도 자기와 자기 좋은 대로 선택한 양들부터 마시게 했습니다. 남의 말 하길 좋아하는 양의 눈 밖에 난 양들은 지저분하고 뻣뻣한 풀만 먹을 수 있었고, 가장 먼저 일어나 마을을 돌보고 가장 늦게까지 마을을 지켜야 했습니다.

남의 말 하길 좋아하는 양은 말로는 양들을 지켜 주겠다고 큰소리쳤지만 언제나 가장 늦게 일어나 먹고 자기만 했습니다. 그나마 깨어 있을 땐 괜히 약한 양들을 때리거나 못살게 굴었습니다. 남의 말 하길 좋아하는 양이 자기 소견대로 행동하면 할수록 양들 사이에서는 목자에 대한 그리움이 커져 갔습니다.

'목자가 있을 땐 모든 게 공평했는데…… 모든 게 평안했는데……'

'목자는 왜 우리 구십구 마리를 두고 떠났을까?'

'우리 구십구 마리보다 그 한 마리의 양을 더 사랑한 걸까?'

'대체 왜?'

목자를 사랑하는 소심한 양의 마음에도 궁금증은 더해 갔습니다. 만약에 목자가 다시 돌아온다면 반드시 왜 그랬는지 물어보겠다고 다짐을 하지만, 여전히 한 마리의 양을 찾아 떠난 목자는 언제 돌아올지 알 수가 없었습니다.

어느 누구도 없어져 버린 한 마리의 양, 교만한 양의 안부를 궁금해하지 않았습니다. 양들의 기억 속에 교만한 양은 그들을 불편하게 만든 존재로, 목자를 데려간 앙큼한 존재로 남아 있을 뿐이었습니다.

소심한 양은 다른 양들보다 먼저 일어나 양들의 마을 높은 곳에 오르고, 누구보다 늦게까지 양들의 마을 높은 곳에 올라

목자를 기다렸습니다. 밤이 되면 내일 아침엔 목자가 올지도 모른다는 기대를 안고 잠이 들고, 아침이 되면 오늘은 오지 않을까 하는 마음으로 눈을 떴습니다.

또다시 밤이 찾아왔습니다. 목자는 온종일 걷고 또 걸은 데다 먹은 거라곤 오직 계곡에서 마신 물이 전부인지라 육체적으로 완전히 지쳐 있었습니다. 오늘은 숲속을 세로 방향으로 걸었고, 내일은 가로 방향으로 숲을 다녀보리라 마음먹었습니다. 목자는 어제 쉼을 주었던 키 큰 나무가 있는 곳으로 다시 돌아와 나무 위로 올라갔습니다.

밤이 더 깊어지자 숲은 앞을 가늠할 수 없을 만큼 더욱 캄캄해졌고 하늘의 별들은 더욱 밝아졌습니다. 부엉이들의 큰 눈과 반딧불이의 빛들이 숲이 살아 깨어 있음을 느끼게 해 주었습니다.

목자는 굵은 나뭇가지에 기대어 마을에 두고 온 구십구 마리의 양들을 생각했습니다. 양들이 어떤 마음으로 지내고 있을지 상상하고도 남기에 목자는 소심한 양이나 몇몇 약한 양들이 마음에 상처를 입지나 않을지 걱정이 되었습니다.

목자는 자신이 떠나 있음으로 해서 고통을 받을 양들을 위해 기도했습니다. 그리고 자신이 없는 동안에도 평안을 잃지 않고 서로가 서로를 아끼고 사랑할 수 있기를 기도했습니다.

목자에게는 구십구 마리의 양도, 이 숲속 어딘가에서 길을 잃어버린 채 혼자 떨고 있을 교만한 양도 모두 소중한 존재였습니다.

목자는 다시 피리를 불기 시작했습니다. 피리 소리가 숲속 어딘가에 있을 교만한 양에게 위안을 주고, 저 멀리에 있는 구십구 마리의 양들에게 평안을 전해 주기를 소망하면서 말이죠.

♣

    교만한 양에게도 역시 밤이 찾아왔습니다. 하루 종일 웅덩이 벽에서 흘러내리는 물방울로 혀와 입술의 갈증을 채운 교만한 양은 며칠째 굶은 상태라 움직일 힘이 없어 종일 누워 있었습니다. 일어날 힘이 없는 건지 다시 살 소망을 잃은 건지 구분이 안 될 정도로 교만한 양은 낙심해 있었습니다. 그리고 틈만 나면 시커먼 이리들이 웅덩이 위쪽에 나타나 교만한 양을 계속 주시했습니다.

    살 소망을 잃은 교만한 양은 이리들이 차가운 눈빛을 번뜩이며 교만한 양을 위협해도 어제만큼 무섭다는 느낌은 들지 않았습니다. 먹지 못해 힘도 없는 데다 낙심이 크다 보니 죽음에 대한 공포도 힘을 잃었습니다. 이리에게 잡아먹히든 먹지 못해 죽든 죽는 건 시간문제라 생각하니 남은 힘도 저절로 빠져나가는 것 같았습니다.

교만한 양이 힘없이 누워 있는데, 위에서 쳐다보고만 있던 이리들 중의 한 녀석이 웅덩이 아래로 내려오려는 시도를 했습니다. 설마 하며 누워 있던 교만한 양은 너무 놀라 화들짝 일어났습니다. 그리고 웅덩이의 한쪽 끝으로 숨었습니다.

자칫 잘못하면 그 녀석도 미끄러져 떨어질 뻔했습니다. 녀석의 한 발이 미끄러지며 돌과 흙만 쏟아져서 다행이었지요. 한 녀석이 아래로 내려오려다 실패하자 다른 녀석들이 실망한 듯 자리를 뜨기 시작했습니다. 웅덩이 아래로 내려오려는 시도를 하다 실패한 녀석이 분한 듯 큰 소리로 "우우……!"하고 소리를 토해 냈습니다. 녀석의 날카로운 이빨이 달빛에 빛났습니다. 그러곤 녀석도 자리를 떴습니다.

'후유…… 이리 녀석이 미끄러져서 아래로 떨어지기라도 했다면…….'

얼마나 놀랐는지 교만한 양의 심장이 격하게 뛰어 가슴까지 아팠습니다. 기운이 하나도 없다고 생각했는데, 죽어도 상관

없다고 생각했는데, 자신의 심장 소리가 들릴 만큼 놀란 것을 보니 아직 기운이 남았다는 생각이 들어 웃음이 나왔습니다.

그러나 콩닥콩닥 무섭게 뛰던 심장이 정상으로 돌아오자 교만한 양은 전보다 더 낙심했습니다. 어쩌면 굶어 죽기 전에 자신을 노리는 이리들에게 잡아먹힐지도 모른다는 게 확실한 사실로 다가오자 온몸이 떨려 왔습니다. 사라졌던 두려움과 공포가 다시 살아나 배고픔도 느껴지지 않았습니다.

그때 목자의 그리운 피리 소리가 다시 들려왔습니다. 그 소릴 듣자마자 교만한 양은 울부짖기 시작했습니다. 참고 참았던 그리움과 서러움이 터져 버린 것입니다.

"매애애애…… 왜 날 버려두고 계세요? 왜 날…… 내가 그때 혼자 다른 길을 갈 때 왜 나를 보지 못하셨나요? 왜 날 혼자 내버려 두는 건가요? 당신은 나의 목자잖아요. 목자는 나를 지켜 줘야 하는 거잖아요. 나를 혼자 두지 마세요. 제발…….
매애애애."

교만한 양의 애절한 울음소리가 숲에 울려 퍼졌습니다. 죽음을 앞둔 슬픔이 가득한 양의 울음소리가 잠든 숲을 깨워 흔들었습니다. 그리고 그 소리는 드디어 목자의 귀에도 들어왔습니다.

"양이다! 교만한 양의 울음소리다!"

목자는 교만한 양의 울음소리가 들리자 나무 위에 서서 귀를 기울였습니다. 그러나 너무 깊은 어둠이 숲에 가득해서 방향을 잡을 수 없었습니다. 길게 그리고 아프게 울려 퍼지던 교만한 양의 울음소리가 멈췄습니다.

목자는 그 소리를 들으며 가슴이 찢어지는 고통을 느꼈습니다. 목자에게 버림받았다고 생각하며 죽음의 공포로부터 살려 달라고 외치는 교만한 양의 울음소리에 목자는 심장이 찢어지는 것 같은 아픔을 느꼈습니다. 지금 이 순간 교만한 양을 위해 아무것도 할 수 없는 것이 너무나 고통스러워서 목자는 자기의 가슴을 손으로 움켜쥐었습니다. 내일 태양이 다시 떠

오를 때까지 죽음의 위협에 떨고 있는 교만한 양을 구하지 못하고 기다려야 한다는 것이 고통스러워서 목자는 가슴을 주먹으로 치며 울기 시작했습니다.

목자의 눈에선 하염없이 눈물이 흘러내렸습니다. 이윽고 목자의 입에서 한마디가 흘러나왔습니다.

"감사합니다. 교만한 양을 지켜 주셔서 고맙습니다."

목자의 마음은 말할 수 없이 고통스러웠지만 교만한 양이 살아 있다는 것을 확인한 것만으로도 충분히 감사했습니다. 날이 밝으면 교만한 양을 구해 낼 일만 남았다고 생각하니 고통은 다시 환희의 눈물로 바뀌었습니다.

목자는 피리를 불기 시작했습니다. 교만한 양이 듣기를 바라는 간절한 마음으로요.

'교만한 양아, 너는 내 것이라. 나는 너의 목자이고, 너는 나의 양이라. 내가 너를 사망의 길로부터 지켜 주고 너를 지키리라. 두려워하지 말라. 너는 내 것이라.'

♣

    한편 교만한 양은 죽음의 공포 속에서 고통스럽게 울고 있을 때 너무나 또렷하게 들려오는 목자의 음성을 들었습니다.

    '너는 내 것이라. 나는 너의 목자이고, 너는 나의 양이라. 내가 너를 사망의 길로부터 지켜 주고 너를 지키리라. 두려워하지 말라. 너는 내 것이라.'

    교만한 양은 자신의 울음에 응답이라도 하듯 들려오는 목자의 음성에 울음을 뚝 그쳤습니다. 목자가 자신을 구하러 올 것이라는 확신이 들었습니다. 방금 전까지 죽음의 공포로부터 벗어날 수 없어 울던 마음이 기쁨으로 바뀌었습니다.

    '이제, 목자가 나를 구해 줄 것이다!'

    다시 목자의 그리운 피리 소리가 들려오기 시작했습니다. 목자는 너무도 분명하게 교만한 양을 향하여 말하고 있었습니다. 교만한 양은 목자가 자기를 얼마나 사랑하는지 느낄 수 있었습니다. 목자가 꿈에서처럼 자기를 두 팔에 안고 푸른 초원으로 데려가고 싶어 한다는 것을 알 수 있었습니다.

'목자가 날 여전히 사랑한다니. 목자가…… 나를 이 정도로 사랑한다니. 나는 목자를 사랑한 적도 없는데……. 늘 목자를 손가락질하고 비웃었는데…….'

교만한 양은 목자가 들려주는 사랑의 소리에 고마움과 미안함을 느끼며 잠 속으로 빠져들어 갔습니다. 언제 죽음을 느꼈는지 잊었을 정도로 평안함 속으로 깊이 빠져들어 갔습니다.

목자가 떠난 이후 강제적으로 양들의 마을 문지기가 된 소심한 양은 양들의 마을에서 가장 늦게 잠자리에 들었습니다. 소심한 양이 문지기가 된 것은 남의 말 하길 좋아하는 양의 눈 밖에 난 것이 이유였는데요. 소심한 양이 이른 아침과 늦은 밤에 양들의 마을의 가장 높은 곳에 올라가 목자를 기다리는 것을 알았기 때문이죠.

다른 양들은 모두 이미 잠자리에 들었고, 소심한 양도 잠을 청하려고 누웠는데 통 잠이 오질 않습니다. 오늘따라 하늘이 무척 가깝게 느껴지고 평소에 보이지 않던 작은 별들까지 나타나 저마다 자기들만의 이야기를 하는 것 같아 괜히 외로워졌습니다. 순간, 별 하나가 순식간에 훅 떨어졌습니다.

"별똥별이다!"

소심한 양은 얼른 눈을 감고 기도했습니다.

'목자님…… 어서 빨리 돌아와 주세요.'

그때였습니다. 목자의 익숙하고 그리운 피리 소리가 들려온 것은. 소심한 양은 자신의 귀를 의심하며 다시 쫑긋 귀를 세우고 마을의 가장 높은 곳으로 달려 나갔습니다. 분명히 목자의 피리 소리였습니다. 평소와 다른 게 있다면 피리 소리가 울고 있는 것 같았습니다. 마침내 소심한 양에게도 목자의 음성이 전해져 왔습니다.

'너는 내 것이라. 나는 너의 목자이고, 너는 나의 양이라. 내가 너를 사망의 길로부터 지켜 주고 너를 지키리라. 두려워하지 말라. 너는 내 것이라.'

소심한 양은 뛸 듯이 기뻤습니다.

'목자가 우리를 버리지 않으셨구나! 게다가 여전히 우리를 지키고 계시는구나!'

소심한 양은 너무 기뻐서 초원 위를 뒹굴었습니다. 몸에 흙이 묻어도 상관하지 않고 털에 풀이 묻어도 상관하지 않은 채 기뻐서 뒹굴었습니다.

소심한 양은 목자가 돌아올 때까지 힘을 내리라 다짐했습니다. 남의 말 하길 좋아하는 양이 소심한 양을 구박하고 못살게 굴어도 낙심하지 않고 버티리라 다짐했습니다.

이제 목자가 다시 돌아와서 예전처럼 자신들을 지켜 줄 것을 아니까요.

그날 밤, 양들의 마을의 소심한 양도, 웅덩이 속의 교만한 양도 모두 평안한 목자의 품에서 잠들었습니다.

오직 목자만이 잠들지 못했습니다. 목자는 구십구 마리의 양도, 웅덩이 속의 한 마리의 양도 지켜야 했으니까요.

8. 내가 너의 눈물을 닦아 줄게

새날이 밝았습니다. 태양이 서서히 기지개를 켤 무렵, 그래서 커다란 나무의 두 팔 어깻죽지 사이로 빛이 들어와 숲의 형체가 점차 모습을 드러내기 시작하자 목자는 재빠르게 나무 위에 우뚝 섰습니다. 그리고 눈을 감았습니다.

지난밤에 교만한 양의 울음소리가 들려왔던 곳을 다시 느끼고 확인하기 위해 온 감각을 집중했습니다. 이윽고 목자는 눈을 떴습니다. 확신에 찬 움직임으로 나무에서 날듯이 내려와 달리듯 걷기 시작했습니다.

블루벨이 하나둘 보이기 시작하더니 순식간에 보랏빛으로 수놓아진 수풀이 나타났습니다. 나무 사이로 촘촘하게 서 있는 꽃들을 막대기로 헤치며 교만한 양을 찾기 시작했습니다.

드디어 한 지점에서, 이리들의 발자국들을 발견했습니다. 전에 이리들의 공격을 받은 그 부근이었습니다. 목자는 피하려 하지 않고 오히려 그들의 발자국을 따라가 보았습니다. 얼마 가지 않아 블루벨이 유난히 화려하게 떼를 지어 피어 있

는 곳 사이로 움푹 팬 웅덩이가 보였습니다. 그것은 전혀 웅덩이같이 보이지 않는, 그러니까 마치 조금만 발을 헛디디면 떨어질 수밖에 없는 함정을 파 놓은 것처럼 느닷없이 나타났습니다.

목자는 조심스럽게 웅덩이 속을 들여다보았습니다. 아니, 내려다보았습니다. 그곳은 깊이를 가늠할 수 없이 깊어 보였습니다. 마치 자연이 파 놓은 우물 같은 느낌이랄까. 아직 태양이 높이 뜨지 않아서 웅덩이 아래가 자세히 보이지 않았습니다. 아래에 무엇인가 있는 것 같기도 하고 없는 것 같기도 했습니다. 목자는 동굴 안을 향해 외쳤습니다.

"교만한 양아, 교만한 양아, 거기 있느냐?"

교만한 양은 이리들의 시선을 피하느라 웅덩이의 한쪽 벽에 붙어 누워 있었습니다. 어젯밤 목자의 피리 소리와 음성을 듣고 잠을 푹 잤더니 왠지 기분이 좋아 눈을 뜨고 싶지 않았습니다. 그런데 갑자기 위쪽에서 교만한 양을 부르는 목자의 소리가 웅덩이 안 가득 울려 퍼졌습니다.

　교만한 양은 꿈인 줄 알고, 그냥 흐뭇하게 미소만 지으며 눈을 감고 있었습니다. 다시 한번 또렷하게 목자의 음성이 들려왔습니다.

　"교만한 양아, 교만한 양아, 거기 있느냐?"

　교만한 양은 눈을 번쩍 떴습니다. 그리고 웅덩이의 한가운데로 데굴데굴 굴렀습니다. 며칠째 먹은 것이 없어 일어날 힘도 없었거든요.

　웅덩이의 한가운데서 위를 올려다보니 무엇인가 커다란 형체가 아래를 내려다보며 자신의 이름을 애타게 부르고 있었습니다. 그것은 분명 이리는 아니었습니다.

　'기다란 머리카락, 커다란 키, 한 손에 든 막대기…….'

　그것은 교만한 양이 꿈에도 잊지 못한, 너무나 애타게 찾고 부르짖었던 목자였습니다. 자기가 착각한 것은 아닌지 눈을 비비고 다시 올려다봐도 분명히 목자의 모습이었고 목자의 음성이었습니다.

교만한 양은 벅찬 감격으로 나 여기 있다고 소리치고 싶었지만 목이 메어 소리가 나오질 않습니다. 다시 위에서 목자가 외쳤습니다.

"교만한 양아, 교만한 양아, 거기 있느냐?"

교만한 양은 울먹이며 겨우 소리를 냈습니다.

"매애애애……."

목자는 아주 작고 희미하지만 교만한 양의 소리를 분명하게 들었습니다. 목자는 기쁜 마음으로 얼른 주변에 있는 돌멩이 하나를 주워 손에 들고 다시 외쳤습니다.

"교만한 양아, 벽 쪽으로 붙어 있거라. 내가 돌멩이를 던질 것이다. 얼마나 깊은 곳인지 가늠해 봐야겠다."

휘이익 툭.

목자는 돌멩이를 던진 다음 돌멩이가 떨어질 때까지의 소리와 시간을 가늠해 보았습니다. 꽤 깊은 듯해서 교만한 양이 혼자 올라오긴 불가능해 보였고, 목자가 내려가는 것도 쉽지 않아 보였습니다. 목자는 교만한 양이 있는 것을 확인하자 조금도 지체하지 않고 바로 주변의 넝쿨들을 끌어왔습니다. 그리고 넝쿨들끼리 매듭을 지어 하나의 기다란 줄을 만들기 시작했습니다. 굵고 튼튼한 줄이 빠르게 완성되어 갔습니다.

목자는 넝쿨을 이어 만든 줄을 웅덩이 아래로 내려보냈습니다. 교만한 양이 위를 쳐다보니 하늘에서부터 생명의 줄이 내려오고 있는 것같이 보였습니다.

자신이 그토록 구해 달라고 부르짖을 때 아무런 대답이 없어 수없이 원망했던 그 하늘로부터 구원의 줄이 내려오고 있었습니다.

목자가 웅덩이 아래를 향해 외쳤습니다.

"교만한 양아, 줄이 땅에 닿았느냐?"

교만한 양은 대답했습니다.

"아뇨, 아직 손이 줄에 닿지 않아요."

목자는 다시 넝쿨을 끌어와 더 길게 연장해서 내려보낸 다음 물었습니다.

"이제 줄이 네 손에 닿았니?"

교만한 양은 기쁜 마음으로 답했습니다.

"네, 손에 잡고도 남아요."

그러자, 목자는 넝쿨을 끌어와 길이를 더 길게 연장한 다음 동굴 옆의 큰 나무 기둥에 꼭꼭 묶었습니다.

"그 줄을 네 몸에 감을 수 있겠니?"

교만한 양은 목자가 내려 준 줄로 몸을 감아 보았지만 팔에 힘이 없어 몸에 묶으면 곧 풀어졌습니다. 다시 한번 힘을 다해 줄을 몸에 감고 묶어 보려 했지만 오히려 심한 어지러움으로 픽 쓰러져 버렸습니다. 교만한 양은 다시 절망에 빠졌습니다. 목자가 바로 위에 있는데도 여길 빠져나가긴 힘들 것 같다는 생각에 온몸에서 힘이 빠져 털썩 주저앉아 버렸습니다.

"매애애애…… 도저히 못 하겠어요."

줄만 또다시 가볍게 올라오자 목자는 바로 넝쿨로 만든 줄을 자신의 몸에 묶었습니다.

"교만한 양아, 조금만 기다려라."

교만한 양이 낙심하여 털썩 주저앉아 이제 모든 것이 끝났다고 생각하는 순간, 위에서 목자가 툭 떨어졌습니다. 목자는 떨어진 충격으로 잠시 정신을 잃은 것 같더니 이윽고 눈을 떠 교만한 양을 쳐다보았습니다.

교만한 양은 너무 놀라 입만 벌리고 있을 뿐 아무 말도 하지 못했고, 목자는 한없이 따뜻한 눈으로 교만한 양을 바라보았습니다. 목자는 며칠 만에 반쪽으로 야위고 볼품없어진 교만한 양의 모습을 보고 마음이 아파 가만히 안아 주었습니다.

교만한 양은 그저 눈물을 뚝뚝 흘리며 목자의 가슴에 안겨 울기만 했습니다.

"이제 울지 마라. 내가 너의 눈물을 닦아 줄 것이다."

목자는 자신의 몸을 묶은 줄이 탄탄한지 확인한 후, 한 팔로 교만한 양을 안고 다른 한 팔로 줄을 잡아당기며 두 다리로 동굴 벽을 타고 올라가기 시작했습니다. 교만한 양은 너무 무서워 두 팔로 목자의 목을 꼭 끌어안은 채 두 눈을 감고 있었습니다.

목자도 며칠 동안 먹지 못해 많이 지쳐 있었지만 오직 교만한 양을 안전하게 구해 내야 한다는 생각밖에는 없었습니다. 줄을 잡은 목자의 손바닥은 거친 넝쿨의 표면과 마찰을 일으켜 피부가 벗겨지고 피가 나기 시작했습니다. 하지만 목자는 멈추지 않고 한 팔로 줄을 의지하여 올라갔습니다.

드디어 목자와 교만한 양이 웅덩이 밖으로 올라왔습니다. 햇살은 그 어느 때보다도 더 따사롭게 숲을 비추었고, 보랏빛 꽃들은 박수를 치듯 살랑이며 즐거워했습니다. 목자와 교만한 양의 마음이 기쁨으로 가득 차올랐습니다. 동굴 속에서 음침하고 축축한 죽음의 공기를 마시다가 웅덩이 밖의 신선한 공기를 들이마시자 살아 있다는 게 생생하게 느껴졌습니다.

목자는 전혀 지친 기색 없이 교만한 양을 안은 그대로 성큼성큼 숲을 빠져나갔습니다.

숲을 나오자 생기로 가득한 연푸른 초원이 펼쳐졌습니다. 이리들이 쫓아오지 못할 만큼 거리가 멀어지자 그제야 목자는 교만한 양을 품에서 내려 조심스럽게 풀밭에 눕혔습니다.

살았구나 하는 생각이 든 순간, 교만한 양의 몸에서 힘이 다 빠져나가 웅덩이 속에 있을 때보다 더 죽을 것 같은 상태가 되었습니다. 누워서 가쁜 숨을 쉬며 아무 말도 하지 못한 채 목자를 바라보는 교만한 양의 눈을 보자 목자의 마음이 아파 왔습니다.

목자는 교만한 양에게 얼른 수분을 공급해 줘야겠다는 생각에 풀잎 위에 있는 이슬들을 모아 교만한 양의 입술을 적셔 주었습니다. 그리고 풀잎을 뜯어 잘게 씹어 부드럽게 만든 다음 그것을 교만한 양의 입에 넣어 주었습니다. 교만한 양은 아주 힘겹게 그것을 받아먹었습니다. 목자도 며칠 동안 먹은 것이 없었지만 배고픔을 잊은 지 오래였습니다. 그저 교만한 양을 살려 내야 한다는 생각뿐이었습니다.

교만한 양은 목자가 씹어 먹여 준 부드러운 풀잎과 이슬들을 먹고 그대로 잠에 곯아떨어졌습니다. 교만한 양이 편안하게 잠든 것을 확인하자, 그제야 목자도 피곤이 몰려와 교만한 양의 옆에 누워 눈을 감았습니다.

교만한 양은 꿈을 꿉니다. 교만한 양이 하얗고 노랗고 울긋불긋한 꽃들과 싱그러운 풀들이 넓게 펼쳐진 초원 위에서 뛰어놀고 있습니다. 한쪽 옆에서 다른 양들이 즐겁게 먹고 노는 모습이 보입니다. 어떤 양들은 노래를 하고 어떤 양들은 춤을 추고 어떤 양들은 잠을 자고 있습니다. 모두가 너무나 사랑스러운 모습입니다. 그리고 한쪽에서 목자가 피리를 불고 있습

니다. 그의 긴 머리카락이 바람에 살랑이며 그의 손가락을 스치기도 하고 그의 입술을 스치기도 합니다.

목자가 그에게 손짓을 합니다. 교만한 양이 달려가 목자의 품에 안깁니다. 평안한 느낌이 교만한 양을 에워싸며 순식간에 쉼을 얻습니다. 머리끝에서 발끝까지 온몸과 마음이 쉼을 얻습니다.

눈을 뜨자 목자가 부드러운 미소를 지으며 교만한 양을 내려다보고 있었습니다. 교만한 양은 아직도 꿈인가 싶어 떴던 눈을 다시 감고, 하나, 둘을 세고 눈을 떠 보았습니다. 여전히 목자가 자신을 바라보며 웃고 있었습니다.

"목자님, 목자님이 나를 구해 주셨어요. 정말로 나를 버리지 않으셨어요. 감사해요. 감사해요, 목자님……."

목자는 교만한 양이 기력을 회복하자 두 팔로 교만한 양을 번쩍 들어 어깨에 메고 걷기 시작했습니다.

"자, 이제 가 볼까? 양들의 마을로."

양들의 마을을 향해 가면서 교만한 양은 계속 노래를 불렀습니다. 제어할 수 없이 입에서 계속 노래가 흘러나왔습니다.

"죽음의 문턱에서 나는 살았네! 오오, 감사해요. 감사해요. 나는 이제 다시 살 것이네. 나를 죽음에서 다시 살려 준 당신에게 감사해요. 오오, 사랑해요. 오오, 감사해요."

양들의 마을을 지키는 언덕, 목자가 있었어야 하는 그 자리에 서서 먼 곳을 바라보고 있던 소심한 양의 눈에 어떤 사람의 형체가 눈에 띈 것은 다른 양들이 모두 만족스럽게 풀을 뜯거나 낮잠에 빠져 있을 때였습니다.

낯선 것은 언제나 위험한 존재였기 때문에 소심한 양은 잔뜩 경계를 한 채로 갑자기 등장한 낯선 존재를 쳐다보며 긴장하고 있었습니다. 여차하면 다른 양들을 깨워 대피시켜야겠다는 생각으로 주시하고 있는데 서서히 낯선 존재에게서 낯익은 느낌이 들었습니다.

'누구지? 누군가랑 많이 닮았는데…….'

'설마…… 설마…… 저것은?'

서서히 햇살을 등지며 다가오는 그 존재는 바로 꿈에도 그리던 목자였습니다. 게다가 그는 어깨에 무엇인가를 메고 즐거운 듯이 걸어오고 있었습니다.

'목자님이다. 목자님이 돌아왔어!'

소심한 양은 목자가 돌아온 것을 확인하고 얼른 다른 양들에게 알리려다가 목자가 어깨에 메고 있는 것의 정체를 알아보고 소스라치게 놀라 비명 같은 소리를 질렀습니다.

"목자님이 오셨다! 목자님이 오셨어!"

"교만한 양이 돌아왔다! 목자님이 교만한 양과 함께 돌아왔어!"

소심한 양은 껑충껑충 뛰며 다른 양들에게 기쁜 소식을 알리기 위해 달려갔습니다. 평소의 소심한 양은 무척 얌전하고 조심스러워서 뛰어다니는 법이 없었지만, 지금은 오히려 얌전히 걷는 게 더 힘들 것 같았습니다.

이윽고 교만한 양을 어깨에 메고 목자가 환희에 넘치는 표정으로 양들의 마을로 들어섰습니다. 소심한 양은 바로 목자를 향해 달려갔습니다. 풀을 먹던 양들이 놀라서 모여들기 시작했습니다.

"뭐야? 누가 왔다고?"

"목자가 이제 나타났어?"

"교만한 양이 죽은 게 아니었어?"

"어라? 교만한 양이 살아서 나타났네? 그것도 목자랑 같이?"

죽었다고 생각한 교만한 양이 살아 있다는 것도 놀라운데 기어코 교만한 양을 구해 온 목자도 놀랍게 여겨졌습니다.

이제 양들의 마을은 교만한 양이 돌아와 원래대로 100마리가 되었습니다. 양들의 마을에는 기쁨과 사랑과 노래가 넘쳐

났습니다. 목자가 돌아온 것을 못마땅하게 생각하고 투덜대는 것은 남의 말 하길 좋아하는 양과 남의 것을 탐하는 양 그리고 그를 숭배하는 양들이었습니다. 그들은 교만한 양이 무사하게 돌아온 것이 기쁘기는커녕 아쉽기만 했습니다. 목자가 없는 틈을 타서 구십구 마리의 양들을 지배했는데 이제 더 이상 대장 노릇을 할 수 없게 되었기 때문이죠.

이런 것을 아는지 모르는지 목자는 언제나처럼 막대기로 양들을 지켜 주고 아름다운 피리 소리로 백 마리의 양에게 휴식 같은 평안함을 주었습니다. 그리고 그 옆에선 목자를 사랑하는 양들이 춤을 추며 노래하다 배부르면 편안하게 누워 잠을 잤습니다.

에필로그

양 한 마리가 물었습니다.

"100마리의 양이 있었는데 어느 날, 한 마리의 양이 없어졌어. 길을 잃었거나 누군가가 훔쳐 갔든가……. 그럴 때 너 같으면 99마리를 지키겠니, 아니면 한 마리의 양을 찾으러 가겠니?"

다른 한 마리가 대답했습니다.

"어려운 질문이군……. 나 같으면 그냥 99마리의 양을 지킬 것 같아. 일단 수가 더 많으니까. 많은 양을 위해 한 마리쯤은 희생해도 되지 않을까?"

그 대답에 옆에 있던 양들이 모두 고개를 끄덕였습니다.

다시 질문을 던진 양이 말했습니다.

"그렇지? 그런데 말이야, 내가 아는 어떤 사람은 그 한 마리의 양을 찾겠다고 길을 나섰단다. 99마리를 남겨 두고 말이지."

그러자 옆에 있던 양들이 동시에 외쳤습니다.

"바보 아냐?"

양이 말을 이어 갔습니다.

"그렇지? 바보 같은 이야기지? 그런데 그 사람은 그 한 마리의 양을 찾아서 99마리가 있는 양들의 마을로 돌아왔어. 끝까지 100마리의 양을 지켜 주겠다는 약속을 지킨 것이지."

모든 양들이 외쳤습니다.

"진짜야? 그런 일이 실제로 있었다고? 어떻게 그럴 수 있지? 힘든 일이야……. 믿기 힘든 일이야."

양은 그들의 반응을 보며 혼잣말로 이야기했습니다.

'그렇지. 믿기 힘든 이야기이지. 그런데 말이야…… 100마리를 똑같이 사랑하면 있을 수 있는 일이야. 100마리를 똑같이 사랑하면 말이지.'